Arno Camenisch
bei Urs Engeler

Arno Camenisch
Goldene Jahre

Auf zum Mond, sagt die Margrit und dreht den Schalter, die gelbe Leuchtreklame auf dem Dach vom Kiosk geht an. Sie tritt zur Türe vom Kiosk raus und schaut zur Leuchtreklame hoch. Eine Freude ist das, wie schön sie leuchtet, sie lächelt, da geht einem grad das Herz auf, wenn wir am Morgen die gelbe Leuchtreklame einschalten, in aller Herrgottsfrühe, wenn noch die letzten Sterne am Himmel sind. Und bald wird es hell, sagt sie und geht ein paar Schritte bis zur Strasse und dreht sich zum Kiosk. Bereits von weitem sieht man sie, die schöne Reklame, so wissen die Leute, dass wir hier sind und offen haben, sobald das Licht auf dem Dach angeht, geht auch das Leben im Dorf an, das ist wie der Hauptschalter. Die Rosa-Maria kommt um die Ecke und steht neben ihr hin. Hm, sagt die Margrit und nickt, seit 1969 gibt es uns bereits, ja, ja, im 69 ist die Leuchtreklame zum allerersten Mal auf dem Dach angegangen, in ihrer ganzen Pracht, das ganze Tal ist aufgeleuchtet an diesem Tag, sogar von Brigels runter konnte man die Leuchtreklame sehen, wenn man oben auf der Kante stand, dort wo der steile Hang beginnt, und runterschaute, sah man das Licht auf dem Dach vom Kiosk brennen wie das ewige Liechtli in der Kirche. Die Rosa-Maria drückt die Lippen aufeinander und nickt.

Ein Bijou von einer Leuchtreklame ist das, sagt die Margrit, im August 1969 ist sie zum ersten Mal angegangen, und seitdem leuchtet sie über das Tal hinweg, also eine der schönsten Leuchtreklamen im ganzen Kanton ist das, also sep denn scho sicher. Sag mir aber nicht, dass das bereits fünfzig Jahre sind, sagt die Rosa-Maria. Einundfünfzig, sagt die Margrit. Jesses, sagt die Rosa-Maria, es kommt mir so vor, als seien wir doch erst gerade gestartet, und schon ist ein halbes Jahrhundert vorbei. Wo das nur hin ist so gschwind. Wenn man die schöne Leuchtreklame anschaut, könnte man meinen, wir hätten sie erst gerade angemacht, sagt die Margrit, so gut in Schuss ist diese, und wenn sie mal flackerte, was schon vorkommen kann, haben wir halt die Birne ausgewechselt und geputzt, wie sich das gehört, etwas Pflege braucht das halt schon, so eine Reklame, dann haben wir nämlich die Leiter hinter dem Kiosk hervorgeholt und sind da hochgeklettert und haben sie wieder zum Leuchten gebracht, dass es einem gleich das Gemüt erhellte, was für eine Freude, also solange die Reklame leuchtet, wird es auch uns geben, mhm. Pünktlich zur Mondlandung ist auch unsere Rakete gestartet, der schöne Kiosk, und seitdem hocken wir hier drin wie zwei Astronautinnen. Und Spass haben wir denn viel gehabt in unserer schönen Lunar Module, und denn wie, sie lächelt. Oh, das weiss ich noch ganz genau, sagt die Rosa-Maria und schaut zum Himmel hoch, als diese schöne Raketa mit den drei Kerlen aus La Merica, einer hübscher als der andere, auf dem Mond gelandet ist, der Aldrin und die anderen zwei, aber frag mich nicht, wie die anderen zwei genau hiessen, das müsste man nachschauen, ich war halt mehr Fan vom Aldrin. Das war denn eine spektakuläre Sache, als die da hochgeflogen sind und wir bei der Tante Milia in der Stube vor dem Fernseher sassen, dichtgedrängt wie in der Metro von New York.

Also der dritte dieser lieben Astronauten hat mir damals schon etwas leidgetan, dieser Collins, sagt die Margrit, der liebe Kerli, der gerade auf der Rückseite Warteschleifen mit der Kapsel drehte wie ein Taxi, das auf Kundschaft wartet, während die anderen zwei auf dem Mond herumhüpften wie auf einem Trampolin, der ging beinahe vergessen, der Collins, wo das doch ein netter Kerli sein musste, sonst hätte man ihn sicher nicht mitfliegen lassen, die werden ja wohl geschaut haben, dass das aufrichtige Leute sind, einen Sauchaib hätte man sicher nicht raufgelassen, wenn die Welt einem zuschaut wie durch ein Schaufenster, man stelle sich vor, der hätte angefangen zu fluchen, wenn zum Beispiel die Türe nicht gut aufging, da hätte man sich ja schämen müssen vor der ganzen Welt, nai, nai, das wäre auch komisch gewesen. Ja, das ist halt meistens so in einer Dreiecksbeziehung, sagt die Rosa-Maria, einer kommt immer ein bisschen zu kurz, die Dreiecksgeschichten, die hinken meistens, oh, jo, das ist auch bei uns so, nicht nur auf dem Mond. Das ist wie bei der Matilda, die zwei Liebhaber hatte, sagt die Margrit, also einen Mann und einen Liebhaber, meine ich, da will ja niemand behaupten, dass das nicht hinkt, das ist wie ein Auto mit drei Rädern, früher oder später kippt das Ding und fährt gegen die nächste Strassenlampe, entweder sind es zwei Räder, eine Zweierkiste also, oder es hat vier oder mehr, aber etwas dazwischen ist meist etwas eigenartig, findest du nicht? Oh, in Italien sieht man das noch hin und wieder, so Dreiräder, wir hatten ja auch bereits mal so einen hier, sagt die Rosa-Maria. Ja, aber das sind ja keine richtigen Wagen, sagt die Margrit, das ist ein Töff mit drei Rädern und einer Blechhülle drüber, irgendetwas dazwischen, also so was kann man ja schon nicht ernst nehmen. Fürs Brot Ausfahren genügt das ja schon, sagt die Rosa-Maria. Ja, aber ich meine, wenn du damit nach Chur fahren willst, sagt die Margrit, da kippt das doch schon bei der ersten grossen Kurve draussen nach Ilanz, sobald es den Stutz hoch geht nach Laax, kippt es dich runter in den Hang, und dann hast du den Saich. Das stimmt wohl auch wieder, sagt die Rosa-Maria und überlegt. Also diese Dreierkiste von der Matilda, damit ist sie auch nicht weit gefahren, sagt die Margrit, etwas Scandal war das dann schon, bei uns war man sich in jenen Jahren ja noch nicht daran gewohnt, dass man sich über Kreuz liebt. Also ich finde, das hätte durchaus seinen Reiz, sagt sie und hebt die Schultern und hält den Kopf schief. Die Rosa-Maria lächelt, ich finde auch.

Sie stehen in der Strassenmitte und schauen zur Leuchtreklame hoch, dieser Collins jedenfalls, der erinnert mich etwas an den Valentin, der uns mal Blumen an den Kiosk gebracht hat, sagt die Margrit, dass wir uns beide etwas erstaunt angeschaut haben, für wen diese jetzt wohl wären, eher für dich oder doch für mich, aber das wusste der vermutlich selber nicht so genau, gefallen hätten wir ihm sicher beide, da hat es denn einige gegeben, die nur Kaugummi kauften, damit sie etwas mit uns plaudern konnten, und nicht wegen dieser Chewing Gums, der Valentin jedenfalls hat auch immer die wichtigen Momente im Leben verpasst, als die Raketa auf dem Mond aufsetzte und wir da im 69 wie unter Strom bei der Tante Milia in der Stube sassen, war der Valentin gerade draussen auf der Toilette. Alles eine Frage des Timings, sagt die Rosa-Maria, ja, aber wie kann man nur, sagt die Margrit und hebt die Hände auf die Seite, da musst du hundsverräcka im wichtigsten Moment in der Menschheitsgeschichte auf die Toilette, wie ist so was denn überhaupt möglich, wir sind ja mit einem Sensor ausgestaltet, man merkt ja, wenn es näher rückt, da gehst du halt davor oder danach, aber doch nicht genau im Moment, wenn die Raketa aufsetzt, so was geht doch gar nicht, und danach musst du dir dein Leben lang anhören, dass du im wichtigsten Moment des Jahrtausends schiffen gehen musstest, oh, jägeri, also so was ist schon nicht zu verstehen. Ja, der hatte schon immer das Gespüri für den falschen Moment, sagt die Rosa-Maria, so ist es dann auch weitergegangen mit dem Valentin, und als man meinte, jetzt komme er doch noch unter die Haube, mit der Vreni, die zwar schon nicht die beste Partie im Tal war, aber immerhin, hat er auch noch das verpasst. Wo sie doch nur darauf wartete, dass er ihr den Antrag machte, aber da er den Moment verpasst hatte, weil er nach Ilanz musste wegen eines Handels, hat sie halt den anderen genommen, und der Valentin hat weiter seine Runden auf der anderen Seite vom Mond gedreht wie der Collins. Was muss sich einer da denken, sagt die Margrit, wenn du auf dem Sterbebett liegst und so das Leben nochmals vor deinem inneren Auge Revue passieren lässt und dir plötzlich wie durch einen Geistesblitz bewusst wirst, dass du die wichtigsten Momente im Leben immer verpasst hast und zwar alles gegeben hast, aber dass es dieses Mal eben nicht gereicht hat, dabei war das kein leider Kerl. Oh, nai, das sicher nicht, sagt die Rosa-Maria, aufrichtig jedenfalls war er, das muss man ihm lassen, im Vergleich zu anderen, die man besser auf den Mond geschossen hätte. Ja, ja, alles eine Frage des Timings, sagt die Margrit und schaut zum Dach hoch, also schon eine schöne Leuchtreklame ist das, was.

Fünfzig Jahre, das ist eine ziemliche Distanz, sagt die Margrit. Einundfünfzig, sagt die Rosa-Maria, hast du ja selber grad gesagt. Eine ganze Epoche ist das, sagt die Margrit, und eben einen Monat nach der Mondlandung sind wir an den Strom gegangen mit unserem Raumschiff, und seitdem leuchtet uns das Dach gelb durchs ganze Tal, der Stolz eines Dorfes, also da müsste man denn zuerst ein so kleines Dorf finden, das überhaupt einen Kiosk hat, ich würde behaupten, wir waren einer der ersten Kioske im Kanton, also viele konnte es davor noch nicht gegeben haben, im Tal wüsste ich jedenfalls von keinem anderen, wir waren die ersten. Auf jeden Fall der erste mit Zapfsäule, sagt die Rosa-Maria, das ist nämlich noch exklusiver. Man stelle sich vor, ein Kiosk, sagt die Margrit, und gleich dazu noch eine Zapfsäule, und das im Jahr 1969, das war revolutionär, Exoten waren wir, die haben uns angeschaut, als wären wir auf Drogen, oh, da sind denn viele neidisch geworden, als wir den Kiosk aufgestellt haben, dass sie nicht selber auf die Idee gekommen sind, anstatt dass man zu Hause sitzt und sich die Finger wund lismet, das war noch nie was für uns, da nehmen wir das Schicksal schon selber in die Hand, oh, jo. Eine Epoche haben wir geprägt mit unserem Kiosk mit Leuchtreklama, das muss uns jemand zuerst mal nachmachen.

Die Margrit pfeift ein Lied und holt den Schlüssel aus der Hosentasche, sodali, sagt sie und schliesst das Schloss vorne bei der Roulade auf, nimmt das Schloss weg, steckt den Schlüssel zurück in die Hosentasche und rollt die Roulade nach oben, Rrrrrrcks, voilà, da sind wir wieder, aber lass uns noch die Glasscheibe putzen, etwas Spray und mit dem Lumpen drüber, damit das ein schönes Bild hergibt und die Scheibe glänzt. Auf die kleinen Details kommt es an, das ist nämlich ein Unterschied, ob man jeden Morgen mit dem Lumpen über die Scheibe fährt oder nur jeden zweiten, und fängt man damit an, es nur jeden zweiten zu machen, macht man es plötzlich nur jeden dritten, na, nai, da haben wir unseren Codex, ein Mal schön mit dem Lumpen drüber, sagt sie und schüttelt das Fläschli und spritzt etwas Putzmittel an die Scheibe und fährt mit dem Lumpen drüber, und dann ein Mal über die Ablage gleich auch noch, damit das ein schönes Bild hergibt. Die Rosa-Maria geht in den Kiosk und taucht hinter der Glasscheibe auf und fährt mit dem Lumpen auf der Innenseite über die Glasscheibe. Sodali, sagt sie und macht die Scheibe auf, und hier der Korb mit den Zückerli, die kommen nämlich vor der Scheibe hin, sagt die Margrit, da sind die Zückerli, und gleich nebenzu kommt der Ständer mit den Sanagol und den Sugus, das muss denk so aufgestellt werden, dass man es schön sieht und vielleicht auch noch gleich eines dieser Päckli mit den Zückerli nimmt. Wenn man auf der Arbeit ist und gerade Wände am Abschleifen ist irgendwo auf dem Bau, ist es immer gut, wenn man ein Zückerli dabeihat, das gibt nämlich einen ziemlichen Staub, das Abschleifen von Wänden und söttigs, dass man ersticken könnte daran, oder wenn jemand Husten hat, haben wir hier auch die richtigen Kräuterzückerli, ja, ja, ein bisschen was für alle haben wir hier. Und zwischendurch nehmen auch wir eines dieser feinen Täfeli, wenn man schon hier arbeitet, darf man sich auch hin und wieder was gönnen, ja, hat jemand das feine Zeugs nicht gerne, geht er lieber woanders hin zum Arbeiten, das, was man verkauft, muss man ja auch gerne haben, wie will man es denn sonst verkaufen, fragt man sich, da hat man nämlich auch die richtige Emotion in der Brust dazu und ist mit dem ganzen Herzen dabei, das spürt die Kundschaft denk sofort, dass man am liebsten selber diese feinen Zückerli essen würde, so merken die Kunden denk, wie fein diese sein müssen, wenn sie das Funkeln in deinen Augen sehen, und kaufen dir gleich den ganzen Korb leer. Das ist das A und das O, sagt die Rosa-Maria und schaut sich die Glasscheibe genau an, ob sie auch wirklich überall sauber ist, stell dir einen Mechaniker vor, der sich mehr für Blumen interessiert als für Motoren, ja, da fahren am Schluss alle mit dem Zug. Jetzt sind wir wirklich parat, sagt die Margrit und macht einen Schritt zurück, die Glasscheibe ist sauber, der Korb mit den Zückerli steht da, und gleich nebenzu die Sanagol, genau, sie nickt und lächelt. In der Hand hat sie den Lumpen und das Mitteli für die Scheiben, alles glänzt, sagt sie und strahlt.

Sie stehen bei der Zapfsäule, hm, sagt die Rosa-Maria und richtet ihre Brille mit Goldrand, wir haben die Ressourcen, sagt sie und lächelt, hier gibt es alles, oh, ja. Ist zwar nicht mehr die neuste Zapfsäule, die ist halt noch analog, sagt die Margrit, und da gibt es sicher solche, die moderner wären, sep scho, aber die tut noch tipptopp, hin und wieder quietscht sie ein bisschen, aber das hat noch niemanden gestört, sagt sie und hebt die Schultern, also ich wüsste von niemandem, der reklamiert hätte, weil es quietscht, schliesslich quietscht noch vieles auf dieser Welt, da kommt es nicht drauf an, ob unsere alte gute Zapfsäule auch ihre Geräusche macht, solange wir den Bedarf decken können, macht es den Leuten auch nichts aus, dass die gute alte Zapfsäule ihre Zeit braucht. Dann berechnet man halt die paar Minuten mehr ein, sagt die Rosa-Maria, und dann ist ja alles gut. Dafür ist der Service top, sagt die Margrit, also wer hier tankt, bekommt für einen kleinen Aufpreis auch gleich noch einen Kaffee, den haben wir immer parat, und dann kann man da hinstehen neben dem Kiosk und einen Kaffee trinken und etwas plaudern und so die Zeit überbrücken, bis der Tank voll ist. Sie fährt mit dem Lumpen über die Zapfsäule und wischt über das Glas. Also auf dieser Seite hier, also hier rechts, meine ich, da haben wir Benzin, und hier auf der linken Seite der Zapfsäule gibt es Diesel, für wer lieber Diesel will. Und ein Kännli mit etwas Öl haben wir auch hinten im Kämmerli, für wer gleich noch den Ölstand ausgleichen will. Ausser Kerosin gibt es hier alles, und sobald die Pistole im Tank steckt und die gute Zapfsäule den Most hochpumpt, gehen die Zahlen auf der Anzeige durch und zählen dir auf den Rappen genau, wie viel jemand jetzt schon wieder getankt hat. Und auf der Seite in dieser Kugel dreht der Propeller, so weiss man auch immer, dass auch wirklich der Most hochgepumpt wird. Ja, ja, das ist alles sehr praktisch, und sobald jemand fertig getankt hat, schreibe ich die Zahl auf mein Notizblöckli, das ich immer dabeihabe, und dann geht's rüber in den Kiosk, wo abgerechnet wird. Den Kaffee gibt's, wie bereits gesagt, obendrauf, der ist gratuit, und wer noch etwas Trinkgeld geben will, darf das natürlich sehr gerne machen, in diesem Falle runden wir den Betrag gleich etwas auf et voilà.

Ja, gut, seit wir die Umfahrung haben, ist es schon nicht gerade so, dass man mit der Zapfsäule ein Vermögen machen würde, sagt die Rosa-Maria. Sep scho nid, sagt die Margrit, da hatten wir es vor der Umfahrung schon noch leichter, die meisten fahren ja wie Räuber drüben die Strasse entlang und würden nicht mal ahnen, dass wir hier alles haben, was sie brauchen, da war es davor denn schon leichter, sobald die Leute durchs Dorf gefahren und hier am Dorfrand angekommen waren, konnten sie gleich noch tanken, ja, da hatten wir noch öppa mal etwas Tagestouristen, vor allem halt an den Sonntagen, wenn ganze Familien einen Ausflug im Auto gemacht und über die Pässe gefahren sind, die sind nicht zu unterschätzen, und die haben hier gleich noch den Tank vollgemacht, bevor sie über den Pass fuhren, von mir aus über den Oberalp bis rüber nach Andermatt, oder gleich über den Lukmanier runter ins Tessin, was ja auch schön ist, und einige haben gleich noch den Kanister mit der Reserve aufgefüllt, damit sich niemand fürchten musste, irgendwo in der Nacht auf der Passstrasse stecken zu bleiben, dann lieber noch einen Reservekanister mitführen, aber heute fährt der Tagestourist natürlich über die Umfahrung, da ist uns das Geschäft dann grad recht zusammengebrochen von einem Tag auf den anderen. Ja, gut, schon nicht grad so, dass wir den Betrieb hätten einstellen müssen, sep nid, das Kerngeschäft ist ja nach wie vor der Kiosk, und Kaugummis werden die Leute auch noch in hundert Jahren gerne haben. Oh, ja, sagt die Rosa-Maria. Obwohl sich da auch Tendenzen abzeichnen, sagt die Margrit, also die beste Zeit der Kaugummis waren die achtziger Jahre, dann gehörte das zum Lifestyle, so einer dieser Kaugummis im Mund zu haben und ein Päckli vielleicht noch in Reserve in der Tschopentasche, dass man hätte anbieten können, wenn jemand jetzt gerade keines hatte. In den Achtzigern kaute die ganze Nation Kaugummi, sogar der Gemeindepräsident kätschte so Zeugs, das gehörte zum guten Ton, sagt die Rosa-Maria, aber das kommt und geht, das ist ein Wellengang. Mit den Kaugummis weiss man halt nie so recht, hat jemand Liebeskummer, wie der Fredy drüben auf der anderen Seite der Brücke, dann kaufte der plötzlich gleich zwei Päckli pro Tag anstatt von einem, sagt die Margrit, und das merken wir hier halt sofort, es ist denn ein Unterschied, ob jemand ein Päckli kauft oder dann eben doch zwei, sie hebt die Augenbrauen und nickt. Die Rosa-Maria schaut auf die Uhr. Jonudenn, sagt die Margrit, dann haben wir halt die Umfahrung, wir können die Leute ja nicht zwingen, durchs Dorf zu fahren, dann haben wir halt keinen Durchgangsverkehr mehr, dann ist das halt so, aber der gute Service spricht sich rum, wir haben unsere Stammkundschaft, und zu denen tragen wir Sorge, wer hier tankt, hat eben obendrauf gleich noch einen Kaffee, und dann kann jeder mit sich selber ausmachen, wie viel wert ihm das ist. In den guten Jahren haben wir jedenfalls etwas auf Reserve auf die Seite getan, so müssten wir eigentlich, mal angenommen, es passiert nicht noch eine Katastrophe, über die volle Distanz kommen.

Die Umfahrung ist jedenfalls da, eine richtige Schnellstrasse ist das, sagt die Margrit, aber im Dorf dürften sie auch mal die Strasse machen, also wieder mal asphaltieren, meine ich, da waren sie in den letzten Jahren grad etwas zurückhaltend, sie hält das Lümpli in der Hand und geht einige Schritte bis zum Strassenrand, wenn du hier stehst, sagt sie und zeigt mit der Hand, und so über die Strasse hinaus schaust, wie sie durchs Dorf geht, ist das ein bisschen ein Flickwerk, könnte man meinen, sobald der Asphalt irgendwo aufreisst, kommt da einfach ein Flick drauf wie bei einer alten Jeanshose. Es wäre allen ein bisschen eine Freude, wenn die Strasse wieder mal neu asphaltiert würde. Das ist halt Mode heutzutage, sagt die Rosa-Maria und steht zu ihr hin an den Strassenrand, also heute laufen die Jungen jedenfalls mit so Hosen rum, die aussehen, als hätte man sie bereits seit ein paar Jahrzehnten, das muss denk so sein, also die zahlen denn teures Geld für diese Hosen mit Flicks. Ja, sagt die Margrit, wir hatten da auch unsere Moden, sep scho, aber eine Strasse ist ja nicht eine Jeans, aber gut, das hat jedenfalls Charakter, ist mir fast noch lieber als diese Strassen, die aussehen, als müsste man die Schuhe ausziehen, um drüberzulaufen. Aber wenn die Tour de Suisse mal wieder hier durchkommen sollte, wie das in den siebziger Jahren mal der Fall war, müsste man da schon was machen davor, sonst gibt das eine Carambolage. Oh, das war denn schön, als die Tour de Suisse hier durchgekommen ist, sagt die Rosa-Maria und lächelt, da haben wir den Kiosk denk auf Hochglanz gebracht und uns rausgeputzt, die feinen Schuhe angezogen und die schönen Kleider, ja, ja, so richtig chic haben wir uns an diesem Tag gemacht, dazu einen knallroten Lippenstift, dass der Hochwürden bereits beim Anblick unserer Lippen rote Ohren bekam. Ja, das passiert einem nicht jeden Tag, dass die vom Fernsehen hier vorbeikommen mit ihren Kameras und Antennas, sagt die Margrit, ich hatte mein schönes Collier an, und vor dem Kiosk haben wir einen Tisch aufgestellt mit etwas Isostar, für die Athleten, die grad Durst hatten, und nebenzu den Kaffeekrug mit der Pumpe, für die Betreuerschaft, also das haben die denn geschätzt, dass sie sich hier etwas verpflegen konnten bei uns am Kiosk, bevor sie weitergefahren sind gegen Westen das Tal hinauf und die vielen Kurven rauf bis ganz rauf auf den Pass. Ui, hatten wir viele Leute hier, ein Volksfest war das, das ganze Dorf stand auf dem Platz vor der Zapfsäule mit Fahnen und Trompeten, also denen haben wir dann Feuer unter dem Hintern gemacht, dass es den älteren Herren mit ihren Hosenträgern ihre Hüte lupfte.

Etwas Vorbereitung braucht so was schon, sagt die Margrit, wir waren bereits eine Stunde früher auf dem Posten und haben noch etwas Hagebuttentee mit Zitronenschnitzen gemacht und parat gelegt, und grad noch etwas Fefferminztee, und einen Kuchen auch noch, und den schönen Sonnenschirm aufgestellt, sie nickt und fährt sich mit dem Handrücken über die Stirn, und im Kiosk haben wir den kleinen Fernseher eingeschaltet und die Antenne ausgerichtet, damit man auch weiss, wann sie dann eintreffen, so sind wir da gesessen und haben gesehen, wie sie in Trin den Stutz hoch geradelt sind bis nach Flims, durch Flims durch und weiter rüber nach Laax und die Strasse die Kurven runter bis nach Ilanz, wo sie auf die lange Gerade eingebogen sind, so dass wir uns langsam aber sicher parat gemacht haben vor dem Kiosk und uns am Strassenrand aufgestellt haben, von Ilanz hoch ist man noch schnell mit diesen Rennmaschinen, bei den vielen Schaltungen, die diese Velos haben, das geht schnell wie der Wind. Das waren denk noch richtige Velos, wo man noch in die Pedalas treten musste, damit sie fahren, sagt die Rosa-Maria, heute fahren die meisten Velos ja ganz von alleine mit diesen Lithiumbatterien. Mit was, fragt die Margrit. Na, mit diesen Batterien da, die Lithium drin haben, sagt die Rosa-Maria, die die NASA drüben in Houston produziert, bei denen man eba nicht mehr so recht weiss, ob die Kraft nun immer noch aus den Beinen kommt oder dann doch eher aus der Büchse. Ah, diese meinst du, sagt die Margrit, oh, da haben wir denn schon noch gestaunt, als wir das erste Mal jemanden mit so einem Batterie-Velo haben vorbeirauschen sehen, die sind denn schnell, diese Dinger, oh, ja, sie lacht, da sind wir draussen vor dem Kiosk auf unseren schönen Spaghetti-Stühlen gesessen, die wir hinten im Kämmerli haben für die Sommertage, und eine Gruppe älterer Damen mit grauen Dauerwellen ist vorbeigerauscht wie ein Zug, also so was denn, und denn in einem Tempo, oho, dass es die schönen Frisuren gleich nach hinten zog vom Fahrtwind, und wir zwei sassen da auf unseren Stühlen vor dem Kiosk und haben den Damen mit offenen Mündern nachgeschaut, wie sie die Strasse das Tal hinteri gejagt sind auf diesen Sonntagsvelos, sie nickt und hebt die Augenbrauen. Das hat noch schön ausgesehen, sagt die Rosa-Maria. Aber da stutzt man schon noch etwas, sagt die Margrit, wie zwäg diese Damen denn waren, bis wir gemerkt haben, dass die präparierte Velos hatten, die praktisch ganz von alleine fuhren. Diese Mademoiselles sahen ja nicht grad so aus, als würden sie da an die Grenzen gehen müssen, eher im Gegenteil, die waren frisch und fidel auf ihren Velos wie eine Frühlingswiese, nur dass sie eben ein khoga Tempo draufhatten.

Das ist eba Moda, sagt die Rosa-Maria. Ja, sagt die Margrit, aber bei diesem Tempo musste man ja befürchten, dass die gegen den nächsten Kontainer fahren. So was müsste man nämlich noch kontrollieren können, die Geschwindigkeit ist eine Sache, die erreicht man noch schnell mal, das siehst du ja, wenn jemand von Brigels runterfährt, etwas Zug kriegt man da sofort drauf, aber das heisst eba noch nicht, dass man da bei dieser Vitesse auch noch gleich das Velo unter Kontrolle hat, ist jemand bei so Tempi nicht mit dem Kopf bei der Sache und denkt vielleicht an den Randensalat, den sie am Abend gerne hätte, touchiert man noch schnell mal die Leitplanke und landet unten im Gjätt, oh, ja, das kann denn böse ausgehen. Ich meinte zuerst noch, diese vornehmen Damen mit Durwella seien gedopt, sagt die Rosa-Maria und richtet ihre Frisur, so wie die an uns vorbeigeflogen sind. Blutdoping, meinst du, sagt die Margrit. Oh, da gibt es verschiedene Sachen, Doping einfach, sagt die Rosa-Maria, oder auch Epo oder sonst was in der Art, ist ja immer wieder mal was davon zu lesen in den Zeitungen, vor allem draussen im Russisch kenne man sich da etwas mehr en détail aus mit diesen Nahrungsergänzungen und den Wundermitteli, den Russen haben sie jedenfalls gesagt, dass sie die nächsten paar Jahre zu Hause bleiben müssen, wenn die anderen um die Medaillen fahren, sogar der Präsident nehme so Zeugs. Die Margrit macht grosse Augen. Oh, ja, sagt die Rosa-Maria, wo käme man denn da hin, wenn denn jeder bescheissen würde mit so Substanzas, etwas Ordnig bräuchte man denn da schon, wenn denn jeder mit Dynamit in den Adern auf den Göppel steigt, das geht ja nicht, oder? Die Margrit hebt die Schultern, ja, sobald es um das

Geld geht, Geld und Prestige, hat der Mensch noch immer die Grenzen überschritten.

Die Margrit geht in die Strassenmitte und dreht sich zum Kiosk, also, genau da haben wir unseren Stand bei der Tour de Suisse aufgestellt, das wollte ich ja erzählen, sie zeigt mit den Händen, genau hier stand er, mhm, und gleich nebenzu der Tisch mit dem Hagebuttentee und dem Tee da Fefferminz und dem Krug mit dem Kaffee, und hier drüben, sie zeigt mit der linken Hand, da auf dem Platz vor der Zapfsäule standen die Leute vom Dorf, und wir haben drinnen im Kiosk das Rennen am Bildschirm mitverfolgt und die Zwischenzeiten durchgegeben, und sobald der Renntross nach Ilanz eben auf die lange Gerade eingebogen ist, haben wir uns am Strassenrand vor unserem Bijou aufgestellt, ui, war das eine Stimmung, also schon eine Freude so was, da fährt die Tour de Suisse durch unser Dorf, und zwar genau vor unserem Kiosk durch, fast nicht auszuhalten, eine Spannung wie beim Morricone im Wildwest war das, und dann ist der Peloton draussen im Dorf bei der Bahnhofstrasse um die Kurve gebogen, uah, das war denn eindrücklich, durchs Dorf sind sie gerauscht und an unserem schönen Kiosk vorbeigeschossen mit diesen Liblis in allen Farben und die Wagen mit den Velos auf dem Dach hinterher, hai, war das eine Freude, und das Gehupe, das die machten, und mittendrin der Wagen mit dem Speaker, der die Zwischenzeiten mit dem Megafon durchgab, dass man es durchs ganze

Tal hören konnte, was für ein Spektakel das war. Und hintendrein gefahren kamen dann die Wagen mit den Reklamen, von den Sponsoren denk, die braucht es halt auch, und haben den Kindern diese bunten Käpplis zum Fenster rausgeworfen, und etwas Süssigkeiten hatten die auch dabei. Und die vielen Töffs mit den Kameramenschen drauf, sagt die Rosa-Maria. Ja, sagt die Margrit und lacht, da sitzt einer richtig drauf und einer verkehrt, damit er denk nach hinten filmen kann, das war dann ziemlich spektakulär, also schon zimli spectacular. Unseren Isostar haben dann eher die Leute aus dem Dorf getrunken, die Fahrer auf ihren Rennern sind eba vorbeigerauscht wie ein Schnellzug, was man schon verstehen kann, die hatten es halt pressant, das Tal hinaufzukommen. Und wenn wir schon den Zaubertrank parat gemacht hatten, wäre ja schade gewesen um diesen feinen Punsch. Ja, gut, einen Franzosen hat es dann auf den Latz gehauen gleich hier vorne auf der Strasse, der hat dann vom Tee mit Zitronenschnitzen probiert, während ihm das Rad gewechselt wurde, und sich auch noch schön bedankt für den feinen Tee. Also das war noch ein Netter, sagt die Rosa-Maria und nickt. Ja, diese Franzosen sind liebe Leute, sagt die Margrit, aber vielleicht war es auch ein Holländer, so genau wissen wir das nicht mehr, das müsste man nachschauen, der hiess jedenfalls etwas mit M, Merz oder Merks oder Merx oder so ähnlich, etwas in der Art, zum Vornamen jedenfalls Eddie, das weiss ich noch genau. Den hat man dann später noch öppa Mal im

Fernsehen gesehen, wie er hier einen Pokal stemmte und dort auch wieder einen, also der muss eine ganze Sammlung an Pokalen zu Hause stehen haben, und immer dieses gelbe Libli dazu, das hat noch schick ausgesehen, ein feiner Bursche war das.

Ob sie unseren Kiosk im Fernsehen gezeigt haben, wissen wir natürlich nicht mit Sicherheit, sagt die Margrit, das haben wir ja nicht gesehen, wia denn au, wir standen ja vor dem Kiosk und nicht drinnen vor dem Fernseher, aber wie die Leute dann sagten, haben sie uns eba schon gezeigt im Vorbeirauschen, es sind nämlich die Woche darauf viele Gäste gekommen und haben erzählt, wie sie uns vor dem Kiosk im Fernsehen gesehen hätten bei der Tour de Suisse, sie richtet ihre Frisur, etwas stolz ist man da schon, wenn man sich vorstellt, dass sie unseren schönen Kiosk mit Leuchtreklame zeigen, also grad jeden Tag passiert das einem nicht, dass man im Fernsehen kommt, sie lächelt und schaut die Rosa-Maria an, wir zwei im Farbfernsehen, was für eine Geschichte. Ein Tag wie aus dem Buch war das, heller Sonnenschein und blauer Himmel, sagt die Rosa-Maria, und den schönen Kiosk hatten wir natürlich mit etwas Girlanden geschmückt, so eine farbige Wimpelkette meine ich, die gleich von einer Seite bis zur anderen reicht. Nur schade fuhren der Kübler und der Koblet dann nicht mehr, sagt die Margrit, also die waren beide zwäg, die hätte ich gerne gesehen, wie sie vorbeipedalet wären. Oh, ja, der Koblet, das war denn ein Hübscher, sagt die Rosa-Maria, ein Charmeur war das, und immer schick frisiert wie James Bond, der konnte so schnell fahren, wie er wollte, die Frisur sass immer, und wenn sie mal nicht sass, hielt er an, kämmte sich anständig die Haare, damit die Frisur auch sitze für das Zielfoto, und radelte weiter. Jesses, hatte der viel Feuer. Der Koblet hat nach seiner Karriere ja sogar eine Tankstelle irgendwo im Unterland übernommen, sagt die Margrit, ein bisschen so wie wir zwei, einfach ohne Kiosk, eben nur die Zapfsäule, was ja schon nicht das Gleiche ist, aber immerhin, sie hält den Kopf schief. Und ganz am Schluss, als wir den feinen Tee schon beinahe ausgetrunken hatten, der ganze Tross musste längstens weiter oben im Tal in den Hängen vom Pass sein, kam dann noch der Besenwagen, Jesses, den hatten wir doch glatt vergessen, die haben dann angehalten und mit uns etwas geplaudert und sich mit allerlei Sachen aus dem Kiosk eingedeckt, dass es eine Freude war, und vollgetankt haben sie auch noch gleich obendrauf.

Die Rosa-Maria lächelt und steht vor den Kiosk hin, nach so einem Ereignis ist man noch ein paar Tage im Hoch, ein Rausch war das, das trägt dich gleich über die nächsten Wochen hinweg. Ja, eine schöne Etappe war das, sagt die Margrit, und die Wimpelkette haben wir den Sommer durch dann noch drangelassen am Kiosk, als Andenken an diesen Tag, die haben wir dann erst auf den Herbst hin wegmontiert, ja, das Schöne muss man feiern, das schweisst das

Dorf zusammen. Irgendwo müssten wir noch das Foto haben, das uns der Fotograf mit dem Glasauge aus dem Städtli mit seiner Kodak geschossen hat vor dem dekorierten Kiosk, wir zwei mit den schönen Sommerkleidern und den knietschroten Lippen und dem vielen Tee, dazu diese feinen Schuhe aus dem Spanischen und die schönen Frisuren. Sie schaut über die Strasse, wie stolz wir da waren, sagt sie, wir müssen geleuchtet haben an diesem Tag, dass man es vom Weltall aus hätte sehen können. Irgendwann werden sie vielleicht wieder durchs Dorf fahren, wer weiss das schon so genau, das ist nur eine Frage der Zeit, nur müssten wir bis dahin vielleicht noch die Strasse neu asphaltieren, nicht dass es zu Stürzen kommt hier bei uns wegen dem Flickwerk auf der Strasse, sie dreht sich zum Kiosk und schaut zur Leuchtreklame hoch. Heute ist noch recht ruhig, sagt sie, aber die Ersten kommen sicher bald. Der Frühling ist jedenfalls angebrochen, da lebt das Tal neu auf, ach, wie ich die Morgen im Frühling liebe, wenn das Leben erwacht, sie hält die Hände in die Hüften und atmet tief ein. Die Vögel zwitschern. Die Rosa-Maria schaut ihr dabei zu und lächelt. Sie schält eine Mandarine.

Die Rosa-Maria kommt um die Ecke vom Kiosk mit dem Besen in der Hand, sie bleibt vor dem Kiosk stehen und richtet ihre Brille mit Goldrand, ja, der Frühling ist eine feine Sache, sagt sie und schaut über die Landschaft, bald schon wächst und blüht es hier wieder überall. Den Leuten fliesst das Leben wieder durch die Adern, sagt die Margrit und geht zum Kiosk hin, nach der langen Winterstarre kann man das schon verstehen, bei uns merkt man das noch besser, nachdem das Dorf während Monaten im Schatten lag, hier unten in der Talsohle wird es halt nochmals kälter, im Winter liegt ein feiner Schleier über dem Fluss, dann ist alles eingefroren. Bis minus zwanzig haben wir hier im Winter, sagt die Rosa-Maria. Also bis in die neunziger Jahre war das noch so, sagt die Margrit, sobald man die Talsohle erreichte, war die Temperatur gleich um zehn Grad tiefer, Nächte wie in Sibirien hatten wir hier, und dazu den vielen Schnee, der erste kam im November, und der hielt bei der Kälte an. Von November bis Ende März war das Dorf in Weiss gekleidet, Winter lang wie Autobahnen hatten wir. Oh, ja, eisig kalt war es, sagt die Rosa-Maria. Da sind denn viele draussen am Ostrand vom Dorf in der 90-Grad-Kurve gegen die Mauer gefahren, sagt die Margrit, gleich da nach der kleinen Brücke der Bahn, wenn man da durchfährt und die Kurve ins Dorf einbiegt, da war das immer glatt wie ein Eisfeld, und wer das nicht weiss, landet das erste Mal aber ganz sicher in der Mauer, sie nickt, Minimum einen pro Tag legte es im Winter gegen die Mauer, wenn sie mit ihren Fischerhüten und Sonnenbrillen hier ins Dorf reinfuhren und dabei bereits an die Tage auf der Skipiste oben in Brigels dachten, und zack, nahm es dich rum und legte deine Scheinwerfer an der Mauer in Scherben. Der Mechaniker hatte im Winter die Hände voll zu tun, sagt die Rosa-Maria und wischt mit dem Besen vor dem Kiosk. Da nützte auch die Tafel vor der Kurve nichts, sagt die Margrit, die hatten wir ja prominent aufgestellt vor der Kurve, damit die Leute auch etwas runterbremsen, aber die meisten glauben es erst, nachdem ihnen der Wagen in Scherben liegt. Ja, gut, Verletzte hat es da selten gegeben, sep scho nid, da fährt man ja auch nicht mit einer Wahnsinnsgeschwindigkeit rein, aber auch mit einem Fünfziger tätscht es bereits flott.

Sodali, sagt die Rosa-Maria und lehnt den Besen gegen den Kiosk, etwas den Kies rauswischen, der Winter ist vorüber. Also Winter kann man das kaum mehr nennen, sagt die Margrit, dabei hatten wir die Vorkehrungen getroffen und waren parat, falls der grosse Schnee kommen sollte, nachdem die letzten Winter bereits ziemlich zahm gewesen waren, vorbereiten muss man sich ja trotzdem, einfach für den Fall, da wollen wir nichts dem Zufall überlassen, aber dass wir nochmals so einen richtigen Winter erleben sollten, hm, sie hält den Kopf schief, daran zweifle ich afängs etwas, also grad einen Propheten bräuchten wir nicht dafür, um das vorauszusehen, es kommt ja kaum mal vor, dass wir Temperaturas unter Null hätten, der Rhein gefriert nicht mehr, und auch der Schnee ist eine seltene Sache geworden, und wenn er doch wieder mal fällt, ist er nach drei Tagen wieder weg. Dabei haben wir noch vor wenigen Jahren in eine neue Schneeschaufel investiert, sagt die Rosa-Maria, eine orange aus Aluminium mit einem kräftigen Stiel, genau die gleiche wie davor, sagt die Margrit, einfach ein neueres Modell, aber bisher haben wir sie noch nicht so oft gebraucht, die schöne Schaufel. Die können wir getrost wieder hinten im Kämmerli versorgen, aber für den Fall, dass es trotzdem wieder mal richtig Schnee geben sollte, sind wir jedenfalls ausgerüstet. Das Dorf hat auch in einen neuen Schneepflug investiert vor ein paar Jahren, und oben bei den Skiliften würde auch alles bereitstehen, nur Petrus legt sich quer, und wenn die Wetterfrösche in den Nachrichten sagen, dass es am nächsten Tag schneie, dann schiffet es meistens. Es ist halt zu warm, sagt die Rosa-Maria, da hätten wir denn schon andere Zeiten erlebt, als man im Winter diese schönen Mombuts anziehen musste, ai, die gaben denn schön warm an den Füssen, so Moonboots nannte man diese, sagt sie, Mondschuhe halt, die sahen gleich so aus wie die vom Aldrin im Fernsehen, der hatte ziemlich die gleichen an. Ou, ja, waren die schön warm, sagt die Margrit, da kam man sich wirklich gleich vor wie diese Astronauten mit der schönen Apollo, richtig dicke Dinger waren das, und die schnürte man oben ordentlich zu, et voilà, das war, als hätte man dicke Wolldecken um die Füsse. Das halbe Tal lief in diesen schönen Dingern rum, sie lacht, also das machte sich noch schick, wenn man diese Mondstiefel anhatte, das war noch modisch, ganz Europa lief im Winter in diesen Mondschuhen rum, also ich könnte mich nicht erinnern, dass jemand was anderes getragen hätte im Winter, das war Trend, und läuft heute jemand in diesen schönen Schuhen rum, könnte man meinen, dass sie auf einen Karneval gingen, für was anderes kann man die ja nicht mehr gebrauchen, dabei haben die ja schon ihren Preis.

Die Rosa-Maria geht um die Ecke vom Kiosk und versorgt den Besen im Kämmerli. Die Margrit kommt mit einer Blechbüchse in der Hand aus dem Kiosk, schau dir dieses schöne Foto an, sagt sie und nimmt das Foto aus der Blechbüchse, sie hält es der Rosa-Maria hin, schön, gell? Gut, haben wir ein Foto davon geschossen, als der Kiosk eingeschneit war bis zum Dach und wir davorstanden mit diesen warmen Moonboots, ansonsten würde uns das niemand glauben, vom Kiosk war nämlich gar nichts mehr zu sehen, aber gar nichts mehr, ja, nicht mal die Leuchtreklame schaute oben raus, sie hebt die Augenbrauen und schaut die Rosa-Maria an, der schöne Kiosk war am Morgen einfach verschwunden, als hätte es ihn gar nie gegeben, ja so was auch, meterweise unter dem Schnee lag der Kiosk, dass man nur noch ahnen konnte, wo er stand. Als hätten die Heiligen uns den schönen Kiosk weggezaubert, sagt die Rosa-Maria. Da haben wir schon noch gestaunt, sagt die Margrit, als wir am Morgen über die Brücke kamen und vom Kiosk keine Spur mehr. Dieser Copperfield aus dem Fernsehen da mit der Blondine hätte es nicht besser hinbekommen, sagt die Rosa-Maria, der liess ja immer wieder mal öppan öppis verschwinden, also wie der das machte, hätten wir gerne gewusst. Alles in Weiss gehüllt, sagt die Margrit, en blanco, weiss wie die Unendlichkeit. Und wir standen da vor dem eingeschneiten Kiosk mit Russenkappen auf den Köpfen wie zwei Bisonjägerinnen in Alaska. Die gaben schön warm, diese Russenkappen, sagt die Rosa-Maria und richtet ihre Brille mit Goldrand. Ja, das schon, sagt die Margrit, aber damit siehst du aus, als hättest du ein Tier auf dem Kopf. Aber das war dann halt Mode. Sie fährt mit ihrer Hand durch die Dauerwelle. Irgendwo müsste ich diese schöne Kappe aus dem Russisch noch haben, sagt sie. Die verkaufte man in Ilanz, das halbe Tal trug damals diese Russendinger, und sobald der erste grosse Schnee kam, setzte man sich diese schöne Fellmütze auf den Kopf, bevor man aus dem Haus ging, und schick sah das auch noch gleich aus, wie diese Damen in den Grandhotels im Engadin, die man in den Heften sieht, wenn sie im Schnee an der Rennbahn stehen mit den Cüplis in der Hand und dem Polo zuschauen. Die Rosa-Maria hebt die Brille mit Goldrand hoch und schaut unter den Brillengläsern das Foto an, hm, da waren wir noch jung, sagt sie und lächelt, schön in Form beide, sehr hübsch sieht das aus, wir zwei vor dem eingeschneiten Kiosk, was für ein schönes Bild.

Den Giacasep mit seiner roten Fräsa haben wir aus dem Bett holen müssen in aller Herrgottsfrühe, damit er uns den schönen Kiosk wieder zurück in die Gegenwart holt, sagt die Margrit, ja, nur mit der orangen Schaufel kommt man da nicht weit, da braucht es schon eine richtige Fräsa bei so viel Schnee, wie ein General lief der Giacasep hinter seiner schönen roten Fräsa her, mit den rosaroten Ohrawärmers seiner Frau auf den Ohren, und warf uns den vielen Schnee aus, das stübte in alle Richtungen, der machte das so gut, als hätte er sein Leben lang auf nichts anderes gewartet als auf diesen Moment. Nicht, dass wir das nicht selber hätten machen können, dafür sind wir uns nicht zu schade, aber wenn der Giacasep schon so eine schöne Fräsa hat, darf er auch gleich bei uns den Platz frei machen, damit wir auch beizeiten den Kiosk aufmachen konnten, das sind wir unseren Kunden schliesslich schuldig. Das Wort verpflichtet. Der war in dich verliebt, sagt die Rosa-Maria und schmunzelt. Wer, der Giacasep, fragt die Margrit, sie hebt die Augenbrauen, jo, so, sep maini au. Oh, schon sicher, sagt die Rosa-Maria, und zwar bis über beide Ohren, der wäre für dich bis nach St. Petersburg gelaufen. Ach wa, sagt die Margrit und lächelt, so dramatisch war das nicht, in jener Zeit hatten wir uns alle gerne, das ist nicht wie heute, da war man etwas freier, im Dorf hilft man einander, wo man kann. Die Rosa-Maria lächelt sie an und richtet ihre Brille mit Goldrand. Das soll ja schon nicht gleich heissen, dass man ihn heiraten will, sagt die Margrit und richtet ihre Durvella, in jenen Jahren hat man halt ein bisschen mit allen getanzt, wie drüben beim Elvis in America, das hat uns nämlich schon gefallen, auch wenn der Klerus uns den Hüpftanz verbieten wollte, aber wir haben uns noch nie gross darum geschert, was die Plapperis uns sagen wollten, und nachdem wieder irgendwo durchgedrungen war, dass wir wieder so ein schönes Fest gefeiert und die ganze Nacht durchgetanzt hatten, schrieb der Ponticus Seiten lang wie Autobahnen in der romanischen Zeitung, wie die Moral wieder den Rhein runterfliesse, also dass dem nicht die Hand weh tat, das verstehe ich auch heute nicht, der hätte sich längst einen Tennisarm einfangen müssen ab den vielen Seiten, die der schrieb. Oh, lacht die Rosa-Maria, der Tennisarm wäre vielleicht eher von etwas anderem gewesen. Die Margrit lächelt und schaut die Rosa-Maria an, oh, öppa scho.

Und so haben wir dann auch an diesem Tag den Betrieb aufnehmen können, sagt die Margrit, ja, gut, eine Weile hat es schon gedauert, bis der Schnee mal etwas geräumt war, also das Gröbste jedenfalls, der Giacasep mit seiner roten Fräsa hätte ein Abzeichen verdient für seine Leistung an der Fräsa an diesem Tag, das haben wir ihm denn nicht vergessen und eine schöne Tankfüllung gratis offeriert. Und vom Körbli mit den Zückerli hat er auch gleich ein paar Päckli nehmen dürfen, sagt die Rosa-Maria, wo er diese doch so gerne hat. Und nachdem er mal den Platz frei gemacht hatte und einen schönen Korridor bis zur Türe vom Kiosk, und man endlich drin im schönen Kiosk war, sagt die Margrit, sah man aber noch nicht raus, da musste denk noch ein Couloir her bis zur Fensterscheibe, damit die Gäste auch die Heftlis kaufen konnten für die langen Abende, wenn der Schnee liegt und man weiss Gott nicht weiss, was machen, bis es denn wieder hell wird am nächsten Tag, so dass wir den Giacasep gefragt haben, ob er nicht auch noch gleich mit seiner roten Fräsa einen schönen Gang zum Kiosk machen könne, mindestens einen Meter breit, oder vielleicht gleich noch etwas breiter, damit die Leute auch noch weggehen können, sonst ist das ja eine Sackgasse, also eine Spur, um anzustehen an der Glasscheibe, und eine, um wieder wegzugehen, somit gleich zwei schöne Schneisen im Schnee, damit das eine schön runde Sache ist, das habe ich dem Giacasep gesagt, was er dann auch ohne Aufhebens gemacht und die weisse Pracht geräumt hat. Also in der Not ist auf das Dorf Verlass, sep muss auch mal gesagt sein.

Am späten Vormittag waren wir dann parat und haben die schöne Leuchtreklame anmachen und den Betrieb aufnehmen können, sagt die Rosa-Maria mit dem Foto in der Hand. Und als wir drin waren und der Betrieb wieder flott lief und wir am Nachmittag das Radio mit der abgebrochenen Antenne angemacht haben, sagt die Margrit, um die Nachrichten zu hören, wie wir das immer machen, damit wir denk à jour sind, haben wir dann von der grossen Katastrophe gehört oben in Disentis, Jesses, da war die Lawine runtergedonnert und hat Häuser und Brücken eingerissen, gleich im Tobel beim Dorfeingang ist die

Lavina runter, einen Toten gab es, ein Wunder, liessen nicht mehr Leute ihr Leben, der Schnee stand danach in der Strasse zwanzig Meter hoch, man stelle sich das mal vor, zwanzig Meter, von der Brücke der Bahn war nichts mehr zu sehen, und auch nicht von der Brücke der Strasse, was für eine Tristesse im ganzen Tal. Und unten in der Talsohle staute es den Rhein, sagt die Rosa-Maria, vierzig Meter hoch stand der Schnee da, sie reicht das Foto der Margrit und geht in den Kiosk und kramt in der Schublade nach einem Artikel, hier ist er, sagt sie und nimmt ihn hervor, 9. Februar 1984, um 14 Uhr null sieben, so steht es hier, sagt sie und steht auf die Türschwelle. Was für ein gigantischer Winter das war, sagt die Margrit, heute müssen wir jedenfalls nicht mehr die Lawinen fürchten, bei dem bitzeli Schnee, das die Winter noch bringen. Ja, an die Winter ohne Schnee müssen wir uns gewöhnen, sagt die Rosa-Maria. Schon noch eigenartig, wenn man bedenkt, dass es uns noch vor ein paar wenigen Jahrzehnten den schönen Kiosk regelmässig einschneite, sagt die Margrit, und heute kommt es kaum mal vor, dass wir noch Schnee räumen müssten, wo wir doch ausgerüstet sind, für den Schnee müsste man in die Höhe, ja gut, es ist ja nicht gerade so, dass wir auf 2000 Meter wären, sep scho nid, auf 800 liegen wir nämlich, wir sind ja auch in der Talsohle und nicht oben am Hang, aber unter 1200 Meter über Meer findest du keinen Schnee mehr. Auf 791 Meter über Meer sind wir, sagt die Rosa-Maria, um genau zu sein. Der Bahnhof liegt auf 791 Schwellenhöhe, das stimmt schon, sagt die Margrit, aber wenn du die kleine Bahnhofstrasse mitzählst, und dann bist du mal in der Hauptstrasse, kommst du diese rein, ist das ja leicht ansteigend vor dem Brückli, das müsste man schon auch mit einberechnen, also unser schöner Kiosk mit Leuchtreklame müsste demnach auf gut 810 Meter über Meer liegen, jedenfalls mindestens auf 800, wenn eba nicht sogar 810. Die Rosa-Maria schaut in den Himmel hoch und denkt nach, da hast du recht, sagt sie, für den Schnee fehlen uns also noch 400 Höhenmeter. Und mit jedem Jahr noch ein paar Meter mehr.

Janu, jetzt bricht der Frühling jedenfalls wieder an, sagt die Margrit und schaut das Tal hinauf, aber an so Winter will man sich nicht gewöhnen, sep nid, sagt sie und steht vor dem Kiosk hin, sie schaut zum Dach hoch, wo die Katze auftaucht und auf sie runter schaut, sie miaut, na, du Schöne, sagt sie und lächelt, bist du auch wieder da, dann sind wir komplett, ja, ja, eine schöne Katze bist du, sagt sie und lächelt. Die Rosa-Maria kommt aus dem Kiosk und fasst mit der Hand den Griff vom Einkaufswägeli mit zwei Rädern, das neben dem Kiosk steht. Sie macht die Stofftasche auf, eine flotte Sache ist das, dieser Trolley, ich glaube, in England sagt man diesen feinen Einkaufswägeli Trolley, also wer diesen erfunden hat, der hätte ein Abzeichen verdient, und ein schickes Bild gibt das auch her, wenn man mit so einem Trolley durchs Dorf spaziert. Oh, ja, sagt die Margrit, das ist wie für uns gemacht, da spazierst du am Morgen durchs Dorf bis zur Post, und dort wird alles in das Wägeli geladen, die Zeitungen und die Zeitschriften und was sonst noch mit der Post kommt, der Otto von der Post hat bereits alles parat, wenn wir auftauchen, und in Nullkommanix bist du wieder da mit diesem schönen Wägeli, und anstrengend ist das dann nicht, aber denn gar nicht, ja, gut, das ist natürlich eine Spezialanfertigung, als wir angefangen haben, musste man bei diesen vielen Zeitungen und Heftlis die Räder verstärken, das hat uns der Klemens gemacht mit seinem Schweissgerät, also bei der Ausrüstung sparen wir nicht, das wäre am falschen Ort gespart. Noch bevor wir den Kiosk im 69 mit viel Feuerwerk eröffnet haben und die Rakete zum Mond geflogen ist, hat uns der Klemens die Räder verstärkt, damit das auch etwas hält bei den vielen Zeitungen, die es dann noch gab, das hatte nämlich ein ziemliches Gewicht, so viele Zeitungen jeden Tag, sie streckt ihren Rücken durch, der Klemens mit seinem Schweissgerät hat sich also diesen lustigen Helm mit der Scheibe vorne dran auf den Kopf gesetzt, dass er aussah wie ein Astronaut, und die Flamme angemacht und die Räder verschweisst, als ginge man auf eine grosse Mission, also das kriegst du in hundert Jahren nicht kaputt, so stabil ist das, und auch die rote Tasche obendrauf ist Qualitätsarbeit, und wasserfest denk, man stelle sich vor, es schneit und hagelt und stürmt, wenn du mit dem Wägeli über die Strasse gehst, das muss halten, ja, noch ein richtiger Trolley ist das, nicht wie diese Plastikdinger aus China, die bereits nach dem zweiten Gang durchs Dorf Schiffbruch erleiden, sobald du die etwas belädst, bricht dir das Rad ab, kracks, und dann hast du den Saich.

Also genau genommen ist das ein Stehtrolley, sagt die Rosa-Maria, die bleiben stehen, auch wenn man sie loslässt, also wenn du die Strasse reinkommst und es grad zimli windet, dass du den Schal etwas richten müsstest, kannst du den Stehtrolley einfach loslassen und den Schal richten, ohne dass der kippen würde, und denn egal, ob er beladen ist oder leer, so was kippt nicht, dafür hat der Klemens mit seinem Schweissgerät schon gesorgt, ausser eben diese koreanischen Modelle aus Plastik, denen das Rad abbricht sofort, dass du gleich wieder mit dem Zug nach Ilanz fahren und einen neuen kaufen musst. Frag mich nicht, warum die angefangen haben, alles aus Plastik zu machen, sagt die Margrit, wo das doch wackelt und quietscht, sobald man damit losläuft. Aber die wollen halt lieber zwei davon verkaufen anstatt nur von einem, um das zu wissen braucht man nicht einen Doktortitel in Wirtschaft, so muss das erste Wägeli lieber gleich sofort kaputtgehen, sonst stimmt nämlich die Erfolgsbilanz Ende Jahr nicht, oh, jo, die wissen nämlich schon, wie sie es machen wollen, diese Cleveris, na, nai, da investieren wir lieber unser Münz in was Rechtes, was zwar seinen Preis hat, aber alles andere ist Gugus. Die Rosa-Maria macht die Tasche auf und nimmt die Zeitungen und Zeitschriften aus der Tasche, sodali, sagt sie und trägt sie in den Kiosk, ich sortiere diese mal, und dann können wir etwas darin blättern und schauen, was draussen in der Welt alles so passiert ist, damit wir wieder à jour sind. Ja, ja, sagt die Margrit und streicht sich durch die Frisur, die Welt kommt zu uns, und das jeden Morgen wieder von neuem, sie lächelt und nickt. Die Rosa-Maria summt ein Lied und legt die Zeitschriften und Zeitungen im Kiosk hinter der Fensterscheibe aus. Der Otto von der Post war heute grad ziemlich fröhlich, sagt sie, also so heiter hat man ihn denn lange nicht mehr gesehen, frag mich nicht, was in so beglückt hat über das Wochenende, man meinte, er habe sich wieder verliebt. Der spürt denk auch den Frühling, sagt die Margrit, da wollen wir etwas beten, dass es dieses Mal ein bisschen besser rauskommt als beim letzten Mal, als er sein Herz verschenkt hatte, sie zieht den Kopf in die Schulter, also wenn der Otto sich verliebt, gerät das meistens ziemlich schnell in Schieflage. Da hatte die Madleina aus dem Nachbarsdorf ihm das Herz gestohlen, dass er die Briefe danach nach dem Zufallsprinzip verteilte, was für ein Salat, das war die grössere Arbeit, die Briefe im Dorf wieder umzuordnen, da lagen die Briefe kreuz und quer im Tal verteilt, acht Wochen hat das angedauert, oder eher etwas länger noch, bis er endlich wieder seine Schaltzentrale oben im Kopf unter Kontrolle hatte, Jesusmaria. Aber das ist halt so, sagt die Rosa-Maria, einige verlieben sich leichtsinnig und die anderen nie richtig. Ist ja auch süss, sagt die Margrit, wenn man einen Pöstler hat, der betäubt von so viel Amore durchs Dorf wandert. Oh, die Männer, ja, ja, wenn es die mal richtig erwischt, sind sie für eine Zeit ausser Gefecht gesetzt. Acht Wochen dauert das für gewöhnlich, sagt die Rosa-Maria und hält ein Heftli in der Hand, das habe ich in einem dieser Heftli gelesen, und wenn das da drinsteht, wird das schon stimmen.

Ein Pöstler besoffen von Liebe, sagt die Margrit und lächelt, nachdem die Venus ihm mit der Hand über die Stirn gefahren war, der lebte für acht Wochen auf einem anderen Planeten. Ja, für üblich dauert das acht Wochen, sagt die Rosa-Maria und holt ein Heftli aus dem Regal, das habe ich nämlich gerade vor ein paar Tagen hier gelesen, aber wo, wüsste man auch gerne, sie netzt ihre Finger und blättert darin, ja, wo ist es denn schon wieder, hm, sie fasst sich an die Brille mit Goldrand und blättert, ah, hier ist es, schau, sie zeigt mit dem Finger, hier steht es, der Liebesrausch dauert für gewöhnlich zwischen sechs und acht Wochen, in besonderen Fällen sogar bis zu zehn oder gar zwölf Wochen, steht hier, bevor die Dosis etwas nachlässt. Sie schaut auf, da haben wir es. Hm, also wie eine Droge ist das, sagt die Margrit und nimmt das Heft in die Hand, sie liest halblaut mit, also beim Otto waren es mindestens zwölf Wochen, fast noch etwas mehr, bis der harte Bruch kam und die Madleina sich aus dem Staub machte nach dem Amuse-Bouche mit dem Otto, ja, da kam der grosse Kater, ai, war der elend beieinander für eine Weile, der hat gelitten wie ein Hund, also ein halbes Jahr hat er sicher für den Rausch abbezahlt, bis der Nebel sich etwas gelichtet hat. Ja, auch im Alter sind wir nicht vor dem grossen Kater gewappnet, ausser wer im Herzen erloschen ist, die spüren dann gar nichts mehr, aber der Otto brannte wie ein Baum in der Nacht, was für Feuerzungen das in den Himmel warf, das brannte wie selten, also so einen Liebesbrand hat man kaum je davor gesehen, und wir haben doch einiges gesehen auf unserem Flug durch die Galaxie, aber ich könnte mich nicht bsinnen, jemanden je mal so verzaubert gesehen zu haben, und so einen Rausch bezahlt man dann auch teuer, sagt sie und drückt die Lippen aufeinander, also ein halbes Jahr hat er Minimum gelitten, die erste Phase, meine ich, bis die Passhöhe erreicht ist und man wieder etwas Horizont sieht. Ein halbes Jahr könnte zutreffen, sagt die Rosa-Maria und holt ein anderes Heftli hervor, das habe ich nämlich auch gerade irgendwo gelesen, sie steckt das erste Heftli wieder weg und holt ein anderes hervor, nein, das ist es nicht, hm, lass mal sehen, sie kramt in der Ablage mit den Heften und holt ein anderes aus dem Gestell, hier, das ist es, genau, Seite 8, Liebeskummer, sie netzt die Finger und schlägt das Heft auf Seite 8 auf, also hier stets, gemäss Experten dauere der Liebeskummer mindestens doppelt so lang wie der Rausch, also davon ausgegangen, dass der Otto 12 Wochen im Nirwana war, hat er 24 Wochen gelitten. Was steht denn da im rosaroten Kästli, fragt die Margrit und zeigt mit dem Finger. Die Rosa-Maria richtet ihre Brille mit Goldrand, je nach Grösse der Dosis verlängert sich der Leidensweg nochmals um das Doppelte, bei viel Liebe geht es bis zu vier Mal so lange, ja, da haben wir es. Sie hält das aufgeschlagene Heftli in der Hand und schaut die Margrit an.

Oh, hat der gelitten, sagt die Margrit, gut haben wir etwas zu ihm geschaut und hin und wieder einen Apfel oder ein paar Zwetschgen gebracht, damit er zu etwas Vitaminas komme, wie ein angeschossenes Tier stand er hinter seinem Schalter draussen auf der Post, und geschlafen hat er wohl kaum in dieser Zeit, der hat mehr die Sterne angeschaut in der Nacht, wo er doch meinte, er habe den grossen Jackpot geknackt und würde jetzt mit der Madleina über endlose Weiten ziehen und endlich auch ein Cabrio fahren wie in diesen Filmen, bevor der Abspann kommt, aber so romantisch hatte es die Madleina denn nicht gemeint, die wollte einfach etwas Gaudi mit dem Otto, war ja schliesslich lange genug verheiratet gewesen davor, und hat ihm den Kopf verdreht und zurückgelassen wie ein Blätz am Boden, ja, der Otto war danach mehr Pajass als Pöstler. Da haben wir einen Moment lang befürchtet, man müsse ihn zu den Gästen bringen für eine Weile, sagt die Rosa-Maria. Zu welchen Gästen denn, fragt die Margrit und schaut auf. Na, zu den Gästen, sagt die Rosa-Maria und hält den Kopf schief. Zu den Gästen, fragt die Margrit. Ja, zu den Gästen, sagt die Rosa-Maria, zu den Verrückten denk. Aber warum sagst du denn Gäste, wenn du die Verrückten meinst, fragt die Margrit und hebt die Augenbrauen. Ja, weil man die Spinner heute denk nicht mehr Verrückte nennt, sondern Gäste. Aber, sagt die Margrit, das wäre im Grunde ein Unterschied, nicht? Die Rosa-Maria hebt die Hände auf die Seite, ja, frag mich nicht, warum die Verrückten heute plötzlich Gäste heissen, aber oben im Tal im ehemaligen Hotel, wo die Verrückten heute denk für die Kur hingehen, nennt man sie jedenfalls Gäste und nicht Spinner. Hm, sagt die Margrit und denkt nach. Also den Otto, meinte man, dass er für eine Weile zu den Verrückten müsste, also zu den Gästen, meine ich, sagt sie, um wieder etwas in Form zu kommen, der redete nur von der Madleina und dass sie schon wiederkomme, das sei nämlich nur eine Phase, und so weiter und so fort, mit dem konnte man über nichts anderes mehr reden als über die Madleina, die sich bereits längstens aus dem Staub gemacht hatte, also etwas leid hat er mir schon getan, der gute Pöstler, wo er doch einen exzellenten Leumund hatte und aufrichtig war, und plötzlich wusste man bis unten in Chur in der Hauptfiliale, dass ihr Pöstler hier oben bei uns Turbulenzen hatte. Ja, gut, sagt die Rosa-Maria, das kann man natürlich schon verstehen, wenn es einen so richtig erwischt, dann setzt dich das Schachmatt, dann bist du nämlich handlungsunfähig.

Die Rosa-Maria legt das Heftli aus der Hand und nimmt die Schere aus der Schublade. Die Margrit steht vor dem kleinen Spiegel hin, der an der Wand neben der Eingangstüre hängt. Der Spiegel hat einen roten Rand. Sie fährt mit beiden Händen hinten in die Haare und richtet die Frisur, gut ist unser lieber Pöstler wieder auf der Höhe, aber so schnell lässt er sich nicht mehr auf einen Handel ein. Ja, sagt die Rosa-Maria, da haben sich noch einige die Finger verbrannt mit der Amore, die ist nämlich gefährlich wia susch nüt, sagt sie und lächelt, ja, ja, sie hält die Schere hoch, die Spitze blitzt auf, wir wollen gar nicht wissen, wie viele Kriege geführt wurden wegen der Liebe, da sind bereits viele Armeen über die Felder gezogen wegen blutender Herzen. Die Margrit lacht, oh, ja, das wäre was für die Poeten, all die Tragödien und Dramen, die schreiben ja gerne darüber, und auch die Filmemacher haben ihren ganzen Stand der Liebe zu verdanken, ein Mann trifft eine Frau oder umgekehrt, das ist eigentlich alles, und dann geht die Story los. Wenn wir es gerade davon haben, der Sohn vom Tini, der ist ja auch Poet geworden, vergangene Woche war er ja da. Das ist ein lieber Kerl, sagt die Rosa-Maria, also das muss man schon sagen, der grüsst denn immer freundlich. Ja, das stimmt, sagt die Margrit, hin und wieder taucht er auf, und das muss man ihm lassen, der würde nicht im Dorf auftauchen, ohne uns einen kleinen Besuch abzustatten, und dann trinken wir zusammen einen Kaffee, also das ist immer eine Freude, mit dem ein bisschen das Weltgeschehen zu verhandeln, der hat zwar den Kopf etwas in den Wolken, so genau weiss man nicht immer, auf welchem Planeten er sich gerade befindet, aber ein lustiger Mann ist das, meistens taucht er dann auf, wenn man ihn am wenigsten erwartet, der kommt jedenfalls immer unangekündigt. Das ist der Überraschungsmoment, sagt die Rosa-Maria, das ist nicht zu unterschätzen, so bist du halt grad im Vorteil, wenn du die Überraschung auf deiner Seite hast, oh, ja. Das ist, wie wenn wir jassen und einen kühnen Zug vollbringen, den niemand so erwartet hat, dann haben wir sie im Sack, sagt die Margrit, darauf kommt es an, auf das Timing.

Das ist wie der andere da im Fernsehen, den wir bereits als Kinder gerne geschaut haben, der junge Burscht aus La Merica aus den Schwarzweissfilmen. Den Buster Keaton meinst du, sagt die Rosa-Maria, ah, den hatten wir denn gerne. Das war eben der Meister des Timings, also das muss einem denn zuerst gelingen, sagt die Margrit, im richtigen Moment vom Zug zu springen, ohne den Pfosten zu erwischen. Ja, das ist dann eine ernste Sache, beim anderen da, dem Sohn vom Tini eben, da sind wir auch etwas erschrocken, der und seine Brüder, oh, das waren denn Lustige, die waren nicht zu zähmen, die hatten den ganzen Tag lang Saich im Kopf, da weiss man schon, warum der Dichter geworden ist. Sie nimmt eine Spraydose aus dem Schrank neben dem Spiegel und schüttelt sie, sie schaut sich die Etikette der Spraydose an und schüttelt sie nochmals. Die versteckten sich im Hang auf der anderen Seite vom Bahnhof, sagt sie, und wenn der Zug einfuhr, kletterten sie auf den Zug, auf die Trittbretter kletterten die, früher war da ja noch ein Trittbrett bei den Zugtüren, heute geht das halt alles automatisch und verschwindet, sobald die Türe zugeht, aber bei den alten Wagen war das fix, die kletterten also auf die Trittbretter, oh, die waren dann nicht älter als sieben oder acht, und hielten sich fest, wenn der Zug losfuhr, und sprangen vom fahrenden Zug wieder runter in den Hang, Jessesmaria, dass da nie was passiert ist, die hatten es sich zum Wettbewerb gemacht, wer am längsten auf dem fahrenden Zug blieb. Oh, da hätte sich denn einer schnell den Trullallà holen können, wenn er sich den Kopf am Pfosten angeschlagen hätte, stell dir vor. Der Otto von der Post hatte noch gemeint, irgendetwas sei da komisch, sagt die Rosa-Maria, bis es denn aufflog, dass die auf die Züge kletterten. Ihre Mutter hat sich fast eine Herzbaracka eingefangen, sagt die Margrit, als sie von den Spässen ihrer Söhne hörte, mamma mia, sagt sie und sprayt vom Haarspray über ihre Frisur. Sie kontrolliert im Spiegel mit dem roten Rand, dass die Frisur gut sitzt, lächelt und setzt der Spraydose wieder den Deckel auf.

Sodali, sagt sie und versorgt die Spraydose im Schrank neben dem Spiegel. Die Rosa-Maria richtet ihre Brille mit Goldrand und schaut auf, die Bernadetta, also die Mutter vom Dichter, die hat hier mal fünfhundert

Franken gewonnen. Ah, ja, sagt die Margrit, das weiss ich noch genau, Jesses, hatte die eine Freude, also einfach haben sie es in der Tat nicht gehabt, also das habe ich ihr so gegönnt, wir hatten nämlich den Bund mit den Landeslotterien, damals waren die ja noch nicht in diesem Rad hier mit dem Pfeil ausgelegt, wie wir es jetzt haben, wo man den Pfeil drehen kann, und dort, wo der Pfeil dann stehenbleibt, diese nimmt man, damals waren die Landeslotterien noch mit einer Schnur zu einem Bündeli gebunden, und wenn jemand eine Lotteria wollte, holten wir einfach das Bündeli aus der Schublade und legten es auf die Ablage, dass die Leute einfach eine dieser vielen Lotterias wegreissen konnten, und da kam eben die Bernadetta, die Mutter vom Dichter, an den Kiosk am Donnerstag, wie sie das immer machte, und ich habe ihr das Bündeli auf die Ablage gelegt, und dabei ist eines der Lösli eba auf den Boden vor ihr gefallen, ja, frag mich nicht warum, aber das war wohl nicht gut festgemacht, und die Bernadetta meinte dann, sie nehme gleich dieses, sie lächelt, gleich fünfhundert Francs auf einen Klapf, ich sage dir, die hat gestrahlt, dass man es im ganzen Tal sehen konnte. Die Rosa-Maria lächelt und nickt und richtet die Lösli auf der Scheibe mit dem Pfeil, ja, oh, war das schön, anstatt dass immer die Gleichen gewinnen, bei einigen meinte man nämlich, dass sie das Glück gepachtet hätten, aber die meisten haben das Münz für die Löslis versenkt, ja, nur weil man ein Lösli kauft, heisst das noch lange nicht, dass man auch was gewinnt. Demokratisch ist das halt nicht, sagt die Margrit und hält die Hände auf die Seite, sie setzt sich hin, und je mehr man verliert, umso mehr spielt man, weil man ja meinte, Kopf aber nomol, irgendwann sei man nämlich auch dran, aber der Reihe nach geht das eben nicht, dafür können wir ja nichts, wia denn au, wir bieten die Lotterias ja nur an, für was drin steht übernehmen wir keine Verantwortung, das liegt nicht in unseren Händen.

Sie setzt sich auf den Stuhl neben der Rosa-Maria hinter die Fensterscheibe, ein Auto fährt am Kiosk vorbei, sie schauen beide dem Auto nach, wie es über die Strasse fährt und aus dem Sichtfeld verschwindet, wer war denn das, sagt die Rosa-Maria, die habe ich hier noch nie gesehen. Das war glaub's die Frau vom Hotelier oben in Brigels, sagt die Margrit, aber sicher bin ich mir da nicht. Ein schönes Auto, sagt die Rosa-Maria, ja, sagt die Margrit, nur, dass die eben mit Elektrisch fahren, hm, sagt die Rosa-Maria. Weiss der Hotelier denn, dass seine Frau zurück ist, sagt die Margrit, das wäre noch ein wichtiges Detail. Du meinst wegen seiner Liebhaberin, fragt die Rosa-Maria, ja, sagt die Margrit, aber ich glaube, die sehen das sowieso nicht so eng, so wie erzählt wird, weiss die Frau schon von seinen Affären, jedenfalls sieht man sie auch hin und wieder zu dritt, seine Frau ist ja viel unterwegs, die arbeitet für eine Firma, die über ganz Europa verstreut ist, ja, die sitzt mehr im Flieger als irgendwo anders, meinte man noch, sie sei in

Paris, ist sie am nächsten Tag schon wieder in Kopenhagen, und den Tag darauf in Oslo, da lohnt es sich ja nicht, den Koffer auszupacken im Hotel, sobald du angekommen bist, musst du ja wieder gehen. Hm, sagt die Rosa-Maria, so oft sieht man sie hier nicht, also ich nehme mal an, dass sie auch ihre Liebhaber haben wird. Als sie noch einen richtigen Wagen fuhr, sagt sie, also einen, der mit Benzin fuhr, meine ich, hat sie ja hin und wieder hier getankt bei uns am Kiosk, und die war denn nicht verlegen, immer wieder mal einen anderen Gefährten mitzubringen. Ich glaube eher, dass die gerne die Nächte in der Gruppe verbringen, sagt die Margrit, dass es gar nicht so darauf ankommt, wer jetzt schon wieder grad unter wem liegt, da kann man kombinieren, wie man will, sagt sie, die rotieren ein bisschen, wie in diesen modernen Fussballmannschaften, da wird ja auch rotiert, da ist ein Aussenverteidiger plötzlich Stürmer, und der Goalie, der eben noch auf der Reservebank sass, spielt plötzlich im Mittelfeld, in England machen die das jedenfalls so, darum gewinnen sie auch die ganze Zeit, oh, ja. Die Frau vom Hotelier hat jedenfalls ihren Spass. Den Eindruck habe ich auch, sagt die Rosa-Maria, und darauf kommt es ja an, dass sie den Plausch haben. Und so wie es aussieht, hat auch er sein Plaisir, sagt die Margrit, vielleicht schaut er ja auch einfach gerne zu, das hat auch seinen Reiz, es gibt ja solche, die lieber zuschauen und dabei einen dieser rosaroten Apéros trinken. Ja, sagt die Rosa-Maria, ich mag diese Apéros auch, und nach einem langen Tag in der Hotellerie ist es einem vielleicht auch grad recht, wenn man sich nicht auch noch anstrengen muss, dafür aber ein feines Apéröli nehmen kann und doch mit dabei ist. Das ist die Hauptsache, sagt die Margrit und lächelt, ja, jeder hat da seine Vorlieben.

Dieses Hotel läuft jedenfalls gut, sagt die Rosa-Maria, oh, ja, die wirtschaften flott, ist ja auch ein schönes Ding, und das Essen ist denn ausgezeichnet. Also das dann ganz sicher, sagt die Margrit, da waren wir zwei ja letztes Jahr im Ausgang dort oben und haben fein gegessen, also schon ausgezeichnet war das, zuerst bekommst du ein Amüsement aus der Küche, einen Gruss, wie die das nennen, bevor der Salat kommt, und der ist dann nicht irgendwie in den Teller kheit worda, na, nai, das wird schön angeordnet, da hat jedes Salatblättli seinen Platz, das hat nämlich schon seine Ordnung. Mhm, auf die Details kommt es an, sagt die Rosa-Maria. Und diese Suppe vergesse ich dann nie mehr, sagt die Margrit, also meine Lebtage nicht, ich könnte mich jedenfalls nicht daran erinnern, ein raffinierteres Süppli gegessen zu haben, man meinte fast, die hätten da was Zusätzliches reingeschüttet, irgendein Elixier, das einen ganz glücklich machte hinter den Ohren, bevor der Hauptgang kam, frag mich nicht, wie die das Filet zubereitet haben, aber das war denn schon sensationell, dazu diesen Wein aus dem Norditalienischen, so ein Nebbiolo war das, es wäre ja nicht so, dass wir gerade jeden Tag in so exklusiven Orten essen, sep scho nid, und so viel Geschick haben wir denn schon in den Händen, dass wir auch etwas am Herd zustande bringen, auch wenn das jetzt nicht gleich meine liebste Beschäftigung ist, aber wenn man schon so einen Gutschein beim Lottoabend abstaubt, löst man ihn auch ein, so sind wir ja auch nicht. Wie zwei Madames aus den Filmen haben wir ausgesehen, wenn die Oscars vergeben werden drüben in Los Angeles, haben uns vom Geri sein Cabriolet ausgeborgt und sind da hoch gefahren. Die Rosa-Maria lacht, schräg vor dem Haupteingang haben wir parkiert, und dann kommt so einer mit einer Fliege um den Hals raus und macht dir die Türe auf, dem gibt man den Schlüssel in die Hand und sagt, Merci beaucoup, und er stellt den Wagen weg, bis er ihn dann wieder vorzufahren hat. Ich hatte mein Foulard an, sagt die Margrit, das rosarote, das windete denn nach hinten auf dem Weg hoch nach Brigels an diesem Sommerabend, ja, die Feste müssen gefeiert werden, Trauriges haben wir denk genug gesehen in den Jahren, und in Brigels sind wir zu diesem schönen Hotel rein mit dem Gutschein in der Hand, voilà, und haben zuerst mal beim Champagner angefangen, ja, wenn sie einem schon einen Kessel mit einer Flasche hinstellen, also am Schluss hatten wir beide einen kleinen Rausch beieinander, so ein Rüschli, als wir wieder zum Hoteleingang rausgekommen sind und der junge Burscht mit der Fliege uns das silbrige Cabriolet vorgefahren hat. Du hattest eine dieser lustigen Federboas an. Was hatte ich an, fragt die Rosa-Maria. Na, die Federboa, so einen Schal aus Federn. Ach, ja, sagt die Rosa-Maria und lacht und nimmt ihre Brille mit Goldrand in die Hand, sie wischt sich eine Träne aus den Augen, also frag mich nicht, wie ich zu dieser gekommen bin, diese schöne Federboa, eine hellblaue war das, das weiss ich nämlich nicht, jedenfalls war das nach dem Grappa, zimli sicher habe ich diese nach dem Grappa irgendwo abgestaubt. Du bist dann noch über die Türe reingeklettert in den Wagen, sagt die Margrit, eben genau so, wie sie es in den Filmen machen, und ich habe das Radio laut aufgedreht von diesem schicken Karren, habe Gas gegeben, und wir sind davongerast durch die Nacht wie ein Liebespaar, wenn sie sich aufmachen in ein neues Leben, und oben im Himmel diese vielen Sterne.

Hin und wieder steht einem das Glück bei, also bei diesem Lottoabend haben wir schön abgeräumt, sagt die Rosa-Maria, natürlich, da hat es auch Jahre gegeben, da man kaum was gewann, aber an diesem Abend hatten wir eine goldene Welle. Oh, ja, und wenn eine Welle kommt, nimm sie, sagt die Margrit. Ich weiss gar nicht mehr, was wir alles abgeräumt haben am Lottoabend, ein paar Langlaufski waren sicher darunter, und ein Fresskorb, und ein Parfüm-Set, sagt die Rosa-Maria, und ein Fahrrad, so ein Halbrenner mit zehn Gängen, und eben den Gutschein, sagt sie, und noch das Goldvreneli obendrauf, sagt die Margrit, das hätte ich fast vergessen, ja, so viel wie letztes Jahr haben wir in all den Jahren davor zusammengerechnet nicht gewonnen. Ui, war das ein Gaudi, sagt die Rosa-Maria. Also ich liebe diese Lottoabende, sagt die Margrit, wenn da alle im Saal versunken vor ihren Karten sind, die Luft angespannt ist, dass man sie mit dem Küchenmesser schneiden könnte, und die Franziska dort oben auf der Bühne mit ihrer legendären Frisur wie eine Instanz vor dem Mikrofon sitzt und die Zahlen aus dem Säckli holt, einen kleinen Augenblick wartet und ins Publikum schaut, bevor sie die Zahl ins Mikrofon sagt, dass es dich fast vor Spannung lupft. Lotto, hallt es durch den Saal, dass es die anderen beinahe vom Stuhl haut in ihrer Konzentration, was für ein Drama jedes Mal, wenn man nur noch eine Zahl vom Goldstückli oder von den Langlaufski entfernt war, und dann der andere Lotto ruft, wo er doch schon drei Mal gerufen hatte. Ja, ja, sagt die Rosa-Maria, das braucht Nerven aus Stahl, aber letztes Jahr sind wir wie auf Schienen gefahren und haben Rubas e Schrubas abgeräumt. The winner takes it all, sagt die Margrit. Die Rosa-Maria schaut sie erstaunt an. Das ist denk das Lied von ABBA, sagt die Margrit, das haben wir viel gesungen, also diese ABBA-Lieder waren denn schön zum Swing.

Du gewinnst, du verlierst, sagt die Rosa-Maria, das erleben wir hier täglich. Die Margrit dreht den Pfeil auf der Scheibe mit den Lotterien, ja, sagt sie, und auch wenn du gewinnst, heisst das noch lange nicht, dass es gut kommt, man müsste nämlich auch noch gleich was anfangen können mit dem Gewinn und nicht gleich den Rhein runterkippen wie die Trudi, die ein paar Hunderttausend gewonnen hatte in der Lotterie, und wenn man sie fragte, wie viel sie davon ausgegeben habe, sagte sie, ein paar Hunderttausend. Wohl eher noch etwas mehr, sagt die Rosa-Maria, die hat es sich denn gutgehen lassen, aber den Betrag etwas überschätzt. Zuerst war sie mal in Paris, sagt die Margrit, und von dort aus im Russisch und weiter nach Macau in die Casinos drüben in Asien, wo sie sicher gleich einen Teil hat liegen lassen, und ist dann weiter nach San Francisco und runter nach Rio, bis sie am Schluss irgendwo in Patagonia gelandet ist oder in Feuerland, von wo aus ihre Verwandtschaft sie hat nach Hause fliegen lassen müssen, ja, die sass denk dort unten in der Steppe auf dem Trockenen, nachdem sie während Monaten die schönen Häuser dieser Welt besucht hatte, aber es war denn nicht so, dass sie das bereut hätte, für die restlichen zwanzig Jahre, die sie noch hier auf dieser schönen Erde verbracht hat, hatte sie ein Lächeln, das ihr über das Gesicht zog wie ein feiner Glanz, als würde sie denken, ich habe es mir volle Kanone reingezogen. Recht hatte sie, sagt die Rosa-Maria, also ich wüsste von niemandem, bei denen beim Begräbnis aufgezählt wurde, wie viel Stütz sie gemacht haben im Leben, sobald man in der Kiste liegt, ist das Gold wertlos. Wenigstens hat sie es ehrlich gewonnen, sagt die Margrit und dreht nochmals den Propeller auf der

Scheibe der Landeslotterien, und hat es auch ehrlich verbraten. Anstatt von denen, die ihr Leben lang die Münzen unter dem Kissen bunkern und sich kaum mal getrauen, auswärts essen zu gehen. Ja, hätte ich ein paar Millionen, ich würde als Erstes einen Porsche kaufen. Und dann würden wir weitersehen, sie lächelt und schaut zur Glasscheibe raus.

Der Mann der Dolores ist auch einen Porsche gefahren, sagt die Rosa-Maria, der hat ganz Norditalien abgefahren mit dem schönen Wagen, zuerst kehrte er hin und wieder noch zurück, und dann immer seltener, und irgendwann gar nicht mehr. Weiss der Herrgott, wo der uns verloren gegangen ist, sagt die Margrit, der war halt gerne in den Casinos und verschüttete da Unmengen an Jetons, also ganze Landstriche hätte man kaufen können mit dem, was der verbraten hat in Norditalien in den Spielsälen, und den Rest hat er im Puff liegen lassen, und die Dolores, die arme, war hier mit drei Kindern und wusste nicht, wie sie den Kleinen die Mäuler stopfen sollte. Eine traurige Geschichte ist das, sie drückt die Lippen aufeinander und nickt. Das mit dem Casino ist halt eine khoga Sache, sagt die Rosa-Maria. Zuerst verlierst du noch ein bisschen was am Banditen mit dem einen Arm, sagt die Margrit, aber am Roulette schenkt es dir plötzlich ein, dass es dir im Kopf oben glöckelet, und dann spielst du weiter und immer weiter und bist überzeugt, dass dich das Glück nochmals findet, und merkst gar nicht, wie viel ärmer du gerade geworden bist in so kurzer Zeit, ja, sobald du einmal gewonnen hast, bist du infiziert, und du spielst immer weiter, weil du gar nicht daran glauben willst, dass du schon wieder nicht gewonnen hast, und immer weiter, bis dich die dicken Männer vor der Türe am Tisch holen und zur Türe rauswerfen, und am nächsten Tag stehst du mit einem Berg an Schulden auf, dass nicht daran zu denken ist, wie so was denn abzuzahlen wäre in Gottsnama. Ja, die machen denn kurza Prozess, sagt die Rosa-Maria, da ist so ein Lösli noch harmlos, da müsste man schon grad ein paar Bündel kaufen, um sich auch verschulden zu können, und bei den Löslis war es noch immer so, dass in jedem Bündel ein bisschen was zu gewinnen wäre. Also grad bankrott kann man durch diese Löslis nicht gehen.

Es gibt natürlich auch die, sagt die Margrit und nimmt ein Lösli von der Scheibe mit dem Pfeil, die das Lösli gegen das Licht halten und dann meinen, man könnte was erkennen. Das geht natürlich nicht, sagt die Rosa-Maria, wenn jeder hier die Lösli durchleuchten würde, wo käme man denn da hin. Na, nai, bschissa geht nicht, sagt die Margrit, da sind wir denn aufmerksam, sie nickt, da ist nämlich alle paar Jahre wieder einer dieser Schlaumeier aufgetaucht, der mit einer grossen Note zahlen wollte, also mit einem Tausender, wo er doch nur ein paar Zückerli und vielleicht noch eine Torino kaufen wollte. Tausendernoten nehmen wir nicht, sagt die Rosa-Maria.

Also so einfach legt man uns denn nicht rein, sagt die Margrit und lächelt, diesen Trick kennen wir nämlich, die kommen mit der Tausendernote an, und der Kniff dabei ist, dass man nervös wird und sie einem so lange kompliziert und complicau tun, bis man durcheinander ist oben im Kopf und sich gründlich verzählt und ihnen das Doppelte wieder rausgibt anstatt von nur der Hälfte, und dann hast du den Saich, dass man am Abend auch nicht so recht weiss, warum die Kasse jetzt schon wieder nicht stimmt. Oh, das ist ja der Kniff an der ganzen Sache, sagt die Rosa-Maria und nimmt ihre Brille mit Goldrand in die Hand, die arbeiten denk mit der Verwirrung. Und mit der Schnelligkeit, wie beim Hüetlispiel, sagt die Margrit, die haben meistens gute Hände, wie diese Zauberer da im Fernsehen, die hin und wieder jemanden auseinandersägen und später die andere Hälfte vom Körper unter dem Sitz von jemandem im Publikum wieder hervorholen und ihnen dabei auch noch gleich die Ohrringe und die Armbanduhr abnehmen, das geht denn gschwind, da muss man denn schon aufmerksam sein. Also lieber den Fliegentätscher in der Nähe haben, sagt sie und nimmt ihn unter der Ablage hervor und hält ihn hoch, aber so schnell legt man uns nicht rein, wir sind nämlich zu zweit, wie im Casino, und haben eine klare Aufgabenverteilung. Ja, eine von uns zwei handelt, und die andere beobachtet, sagt die Rosa-Maria und setzt sich ihre Brille mit Goldrand wieder auf. Und im schlimmsten Fall machen wir die Glasscheibe zu, sagt die Margrit, um mal etwas zu entschleunigen, alles mit der Ruhe, piano piano, eins nach dem anderen, damit die uns nicht aufs Kreuz legen. Abbremsen ist immer gut. Die da, die es immer furchtbar pressant haben, die sind uns sowieso etwas suspekt, sagt sie und hebt die Hände und lehnt sich nach hinten. Und sonst haben wir immer noch das schöne Telefon, sagt die Rosa-Maria und hebt den Hörer vom grünen Telefon hoch, dann drehen wir hier einfach an der Drehscheibe und geben die Nummer von der lieben Polizei unten im Städtli ein, und in einem Schwups sitzen die im Auto und rasen mit Blaulicht und Trari Trara das Tal hinauf.

Mit dem lieben Inspektor sind wir nämlich per du, sagt die Margrit, mit dem hatte ich mal ein Gschichtli, sind jetzt auch schon ein paar Jahre her, also ziemlich ein paar, mit dem Töffli sind wir ein bisschen durchs Tessin gefahren und ins Maggiatal hinteri, wo man in dem schönen Fluss baden kann und sich danach auf die Steine legt, blutt natürlich, da laufen alle blutt rum, also ich könnte mich an niemanden erinnern, der Kleider angehabt hätte, warum denn auch, der Inspektor jedenfalls ist inzwischen zwar in Pension, aber wenn was ist, rufen wir ihn an, und er kommt. Das ist einer wie der Columbo, sagt die Rosa-Maria und lächelt, der Inspektor da aus dem Fernsehen, ouh, den habe ich aber gerne geschaut. Der fuhr einen Peugeot 403 Cabriolet, sagt die Margrit, einen weissen. Der Columbo hatte es auch nie pressant, sagt die Rosa-Maria, der stellte sich etwas dumm und stellte naive Fragen, immer grad noch, bevor er zur Türe rausgegangen wäre, und so flog die ganze Geschichte auf. Der Cleveri, sagt die Margrit, der war nämlich schlau genug, sich unter Preis zu verkaufen, dann ist man nämlich im Vorteil, ja, weil man unterschätzt wird, das ist der Clou an der ganzen Sache. Hm, sagt die Rosa-Maria, und der schielte. Das war wegem Glasauge, sagt die Margrit. Die Rosa-Maria schaut sie an und hebt die Augenbrauen. Der hatte nämlich ein Glasauge, sagt die Margrit. Der Columbo, fragt die Rosa-Maria. Der Peter Falk, sagt die Margrit, also der Columbo, ich meine den Peter, den Falk, der den Columbo spielte. Rechts oder links, fragt die Rosa-Maria. Rechts, sagt die Margrit. Bist du sicher? Ganz sicher, sagt sie und nickt. Also den hätte ich gerne getroffen, sagt die Rosa-Maria und richtet ihre Frisur, der hat mir denn gefallen, jägeri, war der charmant, also wenn der hier an unserem schönen Kiosk mit Zapfsäule mit seinem Cabriolet angefahren gekommen wäre, ich weiss nicht, was dann passiert wäre, sie lächelt vor sich hin und stützt das Kinn auf die Hand ab.

Ja, so einen Columbo hätten wir gebraucht, als die andere da an den Kiosk gekommen ist, diese Mademoiselle von weiss ich woher, sagt die Margrit und hebt das Kinn, also das war das einzige Mal in fünfzig Jahren, dass man uns über den Tisch gezogen hat. Einundfünfzig, sagt die Rosa-Maria, hast du ja selber gesagt. Also das war das einzige Mal in einundfünfzig Jahren, sagt die Margrit, dass man uns reingelegt hat. Da stand plötzlich diese schicke Dame mit dem Jupe de Paris vor der Fensterscheibe, ob sie tanken könne, ja, selbstverständlich, haben wir gesagt, dafür steht da ja diese schöne Zapfsäule, und ich bin raus an die Pumpstation, die trug solche Handschuhe bis über die Ellenbogen, wie das halt in Mode war, so schwarze Handschuhe aus einem feinen Stöffli waren das, das passte gut zu diesem Jupe und sah auch noch gleich aus, als hätte das ein Vermögen gekostet, das war denn guter Stoff und nicht nur so Billiges aus dem nächstbesten Laden, na, nai, das war Hot Couture, guten Stoff erkennt man nämlich sofort, der fällt anders in der Taille, sie nickt und richtet den Kragen von ihrem Strickjäckli, jedenfalls hat sie den Tank vollmachen lassen und ist dabei schön auf Distanz gestanden, damit ja nicht etwas vom Benzin vielleicht öppa auf das schöne Arrangement käme, und hat danach noch allerlei Süsses und Zigaretten gekauft, ziemlich ein paar Schachteln jedenfalls, und noch ein paar Löslis obendrauf aus dem Bündeli, und dann eben mit einem Tausender bezahlt. Und wir haben ihr noch auf die grosse Note das Rückgeld rausgegeben, sagt die Rosa-Maria, bis es denn aufflog am nächsten Tag, als wir auf die Bank gegangen sind, um den Schein zu wechseln, dass die schöne Note gefälscht war, sie fasst sich an den Kopf und schüttelt ihn. Und wir zwei standen da wie zwei Pajasse, oh, heiliger Bimbam, sagt die Margrit, aber ein zweites

Mal ist uns das nicht mehr passiert, das war uns nämlich eine Lehre, aber sep scho sicher, wir hatten unsere Lektion gelernt, ab dann haben wir uns nicht mehr blenden lassen. Seitdem machen wir nämlich die Taktik mit der Arbeitsaufteilung, und zur Warnung haben wir den Fliegentätscher, zur Sicherheit die Glasscheibe und das grüne Telefon mit dem direkten Draht ins Kommissariat im Städtli, und wenn das alles nichts nützt, sagt sie und macht die Schublade auf, haben wir noch das hier. Die Rosa-Maria beugt sich nach vorne und schaut in die Schublade rein. Sie lehnt sich wieder nach hinten und schaut zur Glasscheibe raus.

Die Rosa-Maria kommt um die Ecke vom Kiosk, wie hiess die schon wieder, diese Schauspielerin, die hier bei uns an unserem schönen Kiosk mal den Wagen getankt hat? Die Ornella, sagt die Margrit, und der Bundesrat auch. Aber nicht mit der Ornella, sagt die Rosa-Maria. Na, nai, sagt die Margrit, der Bundesrat kam einen Tag später. Da haben wir schon noch gestaunt, was da plötzlich los war, da gibt es Tage, an denen nichts passiert, und dann kommt am ersten Tag die Ornella zum Tanken und am Tag darauf der Bundesrat, und der hat auch noch gleich Sugus gekauft. Man könnte meinen, der gute Service hier spricht sich rum, also dem Bundesrat haben wir gleich einen Kaffee angeboten, wenn er schon hier war, im Sommer haben wir ja immer den Sonnenschirm aufgestellt und einen kleinen Tisch mit zwei

Stühlen, und das ist grad praktisch, taucht so ein Bundesrat auf, kannst du ihm gleich noch einen Stuhl anbieten, also einen Stuhl sollte man immer haben, falls eben so eine hohe Nummer auftaucht, aber was der hier zu tun hatte, haben wir dann nicht gefragt, das macht sich nicht gut, wenn man diese ausfragt, die werden schon ihre Gründe gehabt haben, hier aufzutauchen, meistens geht es ja da um die Politik. Und Diskretion ist schliesslich unser Geschäft. Mhm, sagt die Rosa-Maria, was den Unterschied zwischen einem Viersternhotel oder einem mit fünf Sternen ausmacht, ist eben die Diskretion. Oh, ja, sagt die Margrit, wo käme man denn da hin, wenn man alles gleich weitererzählen würde, was man weiss, wenn die Leute an den Kiosk kommen, erzählen sie nämlich auch meistens noch gleich, was sie beschäftigt, wir sind da ein bisschen wie die Zentrale im Dorf, die Leute tragen uns die Informationen zu, da steht man schon in der Verantwortung, die Daten auch mit der nötigen Sorgfalt zu behandeln, das ist nämlich brisant, stell dir vor, wir würden herumerzählen, was der liebe Herr Pfarrer hier jeden Freitag kauft, das wäre ein Scandal für den Boulevard, aber was für ein Scandal das denn wäre, stell dir vor. Da sind wir dezent, sobald der Pfarrer im Anflug ist, wickeln wir ihm sein Heftli in den Blick ein und reichen das so durch die Glasscheibe und kassieren dafür etwas Trinkgeld.

Die Ornella jedenfalls, die Schauspielerin, die war wohl mehr auf einem Spaziergang, so eine kleine

Schlaufe machen mit dem Wagen über die Pässe durch diese schöne Landschaft und das Land etwas abschauen, sagt die Rosa-Maria. Und ein paar Fotos machen, wenn man schon hier ist, sagt die Margrit, bevor sie wieder zurückgefahren ist, oder vielleicht ist sie gleich noch ein paar Tage geblieben, schliesslich ist der Kanton ja dafür bekannt, dass es die Leute von Welt anzieht, das steht ja meistens da in unseren Heftlis, wer schon wieder wo im Kanton ist, und hat einer mal erlebt, wie schön das hier sein kann, kommen sie meistens wieder, sagt sie und schaut über die Hänge hinweg zu den Bergen hoch, also der Hitchcock war denn oft im Kanton, zwar ist er nicht zu uns an den Kiosk gekommen, was er durchaus gemacht hätte, wenn er gewusst hätte, was es hier alles gibt, aber der hat seine Winter drüben im Engadin verbracht, fünfunddreissig Winter insgesamt, das ist eine ziemliche Anzahl, in St. Moritz war er, im Palace vom Badrutt, und hatte dort eine Suite, ja, ja, die schwarzen Vögel auf seinem Fenstersims hätten ihn für diesen Film inspiriert, frag mich nicht, wie dieser schon wieder hiess, so sagen es jedenfalls die Leute im Engadin. Doch, doch, das ist schon so, sagt die Rosa-Maria, der Alfred war oft da, fünfunddreissig Winter lang, dem hat es hier gut gefallen bei uns, und zwischendurch ist er rüber nach America und hat wieder ein paar Filme gedreht, bevor er im Winter wiedergekommen ist. Oh, der hätte seine Filme auch hier drehen können, sagt die Margrit, andere haben ihre Filme ja auch hier bei uns gedreht, sagt die Rosa-Maria und steht auf und geht hinter das Gestell mit den Schokoladentafeln und den Zigaretten, hm, hier irgendwo müsste ich es eigentlich haben, sagt sie und kommt mit einem kleinen Buch zurück, wenn ich mich nicht täusche, müsste es hier drinstehen, also, sagt sie und blättert, hm, sie netzt ihre Finger und blättert weiter, hier, da haben wir es, Der Spion, der mich liebte. Die Margrit schaut auf, hattest du denn eine Geschichte mit einem Spion, fragt sie, davon hast du nie was erzählt. Nai, nai, sagt die Rosa-Maria, das ist denk der Titel vom Film, der hier bei uns in Graubünden gedreht wurde. Welcher Film denn, fragt die Margrit und schaut ihr über die Schulter. Na, hier, sagt die Rosa-Maria, ein James Bond war das, 1977, genau, mit Roger Moore. Mit Roger Moore, sagt die Margrit und macht grosse Augen, hm, das ist denn nid nüt, das war denn ein feiner Kerl, dieser Roger. Schon nicht, dass der ganze Film bei uns gedreht worden wäre, sep scho nid, sagt die Rosa-Maria, aber die Gletscherszenen und diese wilde Verfolgungsjagd auf den Skis, die hat man eben bei uns hinten beim Piz Bernina gedreht, also dem muss es offensichtlich ziemlich gut gefallen haben hier bei uns, ansonsten wäre er nicht gleich nochmals gekommen ein paar Jahre später.

Siehst du, sagt die Margrit, halt etwas Sorge tragen zur Kundschaft, dann kommen sie auch wieder, bei diesem Bundesrat haben wir auch darauf gewettet, dass er wieder bei uns auftaucht, wenn er in der

Gegend ist, der hat sich schon daran erinnert, dass er hier auch gleich eine Sinalco bekommen hat, so ein Fläschli haben wir immer drinnen im Kühlschrank auf Reserve, wenn diese hohen Leute grad einen Moment haben, wo sie nicht nach dem Etikett gehen müssen, haben die nämlich gerne was Gewöhnliches, so dass der lieber eine Sinalco getrunken hat anstatt von einem gewöhnlichen Wasser mit Blübbeli. Ja, das macht sie lebendig, wenn sie etwas an ihre Kindheit erinnert sind und daran denken, wie sie sich als Kinder auf so eine Sinalco gefreut haben. Der Schlüssel für alles liegt in der Kindheit, sagt die Rosa-Maria und richtet ihre Brille mit Goldrand. Irgendwo haben wir uns das notiert, sagt die Margrit, wann genau der Bundesrat hier war, aber ich würde sagen, das müsste ziemlich genau in der Zeit gewesen sein, nachdem der Tschernobyl draussen im Russisch explodiert war und man sich hier kaum getraute, den Salat zu essen, weil sie in den Nachrichten überall erzählten, der Salat leuchte so fest wegen dieser Strahlung überall. Lass mal sehen, sagt die Rosa-Maria und kramt ein Büchlein aus dem Gestell im Kiosk, hm, sagt sie und blättert, nein, das ist es nicht, hm, das auch nicht, sie legt das Büchlein wieder ins Gestell und nimmt ein anderes hervor, vielleicht hier, hm, sie netzt ihre Finger und blättert, ja, hier ist es, genau, Tschernobyl, diese schreckliche Catastrofa, April 1986, am 26. April war das, in der Ucraina, nicht im Russisch, aber gleich nebenzu, also nicht weit von der Grenze entfernt, hier steht's, einer dieser Reaktoren ist explodiert. Ich weiss noch genau, sagt die Margrit und atmet tief durch, wir waren gerade hier am Kiosk angekommen und hatten wie immer die Leuchtreklame auf dem Dach eingeschaltet, wie wir das immer als Erstes tun, die Roulade hochgefahren und die Glasscheibe geputzt, und auch die Körbe mit den Zückerli parat gemacht, die Zapfsäule gewartet und mit dem Lümpli auch über die Glasscheibe gefahren, und die Zeitungen und Zeitschriften hatten wir auch bereits draussen beim Otto auf der Post geholt, als ich das Radio mit der abgebrochenen Antenne anmachte und an der Schraube drehte, um den Sender gut einzustellen, der rauscht ja immer ein bisschen, wenn der Zug durchfährt, was auch verständlich ist bei dieser hohen Spannung auf der Leitung, bei so viel Strom rauscht das Radio halt sofort, das stört gleich den Empfang und rauscht nur noch, dass man das Radio jedes Mal neu einstellen muss, was ich dann auch gemacht habe pünktlich auf die Nachrichten, und wir das hörten von dieser Catastrofa in Tschernobyl, dass es einem grad kalt den Rücken runterlief.

An diesem Morgen hatten wir viel Betrieb hier am Kiosk, sagt die Rosa-Maria, das halbe Dorf stand beim Kiosk wegen diesem Tschernobyl. Die Margrit nickt, das Radio mit der abgebrochenen Antenne stand auf der Ablage vor dem Kiosk neben den Zückerlis, und zur vollen Stunde hörten wir uns das an, ob sie wieder was sagen würden wegen dem Atom, da war denn niemandem mehr wohl an diesem

Tag, und plötzlich sagten sie eba, besser kein Wasser vom Hahn trinken, und die Tage darauf, auch keine Tomaten und keinen Salat, bis zur Weltmeisterschaft im Juni in Mexico-City war das das grosse Thema, aber sobald sie mit dem Tschutten angefangen hatten drüben in Mexico, redete niemand mehr vom Tschernobyl und der Catastrofa, dann war nur noch der Fussball ein Thema, dabei galt das Salatverbot immer noch. Hier haben wir ja nur die Wasserkraftwerke, sagt die Rosa-Maria, diese dicken Staumauern, die sollten eigentlich schon halten, auch bei einem Erdbeben, sind ja auch solide gebaut, nicht dass uns das ganze Tal überschwemmt würde bis runter in Chur, sagt sie und richtet ihre Brille mit Goldrand. Also ab der Weltmeisterschaft drüben in Mexico redete man jedenfalls nur noch vom Maradona und seiner Kunst, sagt die Margrit, Jesses, war das eine Erscheinung, wie der die Engländer austanzte einen nach dem anderen, also so was hat man davor denn noch nicht gesehen, und plötzlich lief das halbe Tal mit der gleichen Frisur herum wie der Maradona, der Alexi draussen in seinem Coiffeursalon musste sich zuerst mal erkundigen, wie man denn so was zu schneiden habe, damit die Frisur denn auch so aussehe wie die vom Maradona mit den Zauberfüssen. Dabei hätte er doch einfach die gleiche Frisur machen können wie bei der Barbara, sagt die Rosa-Maria, die hatte nämlich die gleiche Frisur wie der Diego, aber denn ziemlich genau die gleiche. Die Margrit lacht.

Und hier am Kiosk kauften die Kinder uns den Kiosk leer von diesen Panini-Bildern, dass sich die Eltern die Haare rauften, sagt die Margrit, diese Kleberli halt mit den Fussballern drauf, die sie ins Heftli klebten, dass wir Ende Monat bei der Monatsbilanz selber etwas gestaunt hatten, wie der Umsatz gestiegen war um ein Vielfaches beinahe, diese Kleinen haben ihre ganzen Ersparnisse ausgegeben für diese Bildli, und dann ging es halt darum, wer als Erster das Heft mit allen Kleberlis voll hatte, das war dann der Champion für die nächsten vier Jahre, beinahe zu vergleichen mit einem Weltmeistertitel. Kaum hatte das angefangen mit den Bildern vom Herrn Panini, sagt die Rosa-Maria und fährt mit der Hand über die Ablage, kamen auch schon die ersten Eltern die Strasse rein geeilt und sagten, ihre Kinder hätten denn Kaufverbot für diese Bildli, einfach falls sie davonschleichen und bei uns am Kiosk ein paar Päckli kaufen wollten. Was willst du da machen, sagt die Margrit, natürlich, die Eltern haben das letzte Wort, da wird nicht verkauft, wenn sie das nicht wollen, aber etwas hart ist das eben schon auch, wenn alle anderen das dürfen und du musst dabei zuschauen, so haben wir hin und wieder halt ein Päckli verschenkt, was ja nicht gegen das Verbot war, verschenken und verkaufen ist denk ein Unterschied. Oh, ja, sagt die Rosa-Maria, und schliesslich geht es da um ein paar Kleberlis, und nicht um diese Gastgeschenke, die der Verband den Funktionären gemacht hat, damit sie ihre Stimme bekommen für die Vergabe der Meisterschaften, schliesslich haben wir auch immer wieder mal eines dieser feinen Glacés verschenkt, sagt die Margrit, wenn denn alle anderen Kinder so eins durften und andere mussten zuschauen, nai, nai, dann sollen alle eines dieser feinen Glacés bekommen, und wir zwei haben auch gleich eins genommen zur Feier des Tages. Böse Zungen behaupteten dann, wir würden die Kinder konditionieren, sagt die Rosa-Maria, damit sie dann später wieder an den Kiosk kommen würden. Ach, Saich, sagt die Margrit, an so was hätten wir nicht im Entferntesten gedacht, solche Gedanken waren uns Galaxien entfernt, auf so einen Blödsinn kann nur kommen, wem der Neid wie eine Zunge zum Mund raus hängt. Wir waren halt Pioniere im Tal mit unserem Kiosk mit Zapfsäule, und den Pionieren wehte noch immer ein Wind entgegen, das ist halt so, schau dir den Galileo an, als der behauptete, die Welt sei eine Kugel und nicht eine Scheibe, hätte man ihm am liebsten die Zunge rausgeschnitten. Ja, mit den Sternen sollte man sich nicht anlegen.

Mhm, sagt die Rosa-Maria und schneidet mit der Schere einen Artikel aus einer Zeitschrift. Wenn man so in seinem Kiosk steht, bekommt man eigentlich alles mit, sagt die Margrit, die Leute kaufen hier ihre Zigarettli oder eine Landeslotterie und legen dir auch noch gleich das Herz auf die Ablage, gut, das bleibt selbstverständlich unter uns, wir haben da unseren Ehrencodex, ein Schweigegelübde sozusagen,

Diskretion ist schliesslich unser Metier, und das halten wir in honoris. Aber manchmal, wenn wir am Abend unseren schönen Kiosk zumachen und die Leuchtreklame ausmachen, denke ich mir öppa, was man wieder mitbekommen hat vom Leben der anderen, ja, hier lagert das Wissen. Wissen ist Macht, sagt die Rosa-Maria, nur sollte man damit auch etwas mit Vernunft umgehen, stell dir vor, da kauft einer der Oberhirten aus der Politik hier ein Lösli und macht auch noch gleich eine Tankfüllung, und während er den Wagen volltankt und ein Käffeli nimmt, plaudert der uns da seine Geheimnisse aus, wir könnten das glatt dem Boulevard verkaufen für gutes Geld. Was wir natürlich nicht tun, sagt die Margrit, aber wir könnten es, also zwischen können und machen ist eben ein feiner Unterschied. Wir sind jedenfalls an der Quelle. Ja, da ist einiges an Storys über die Ablage gegangen, wir haben ihnen ein Heft in die Hand gedrückt, und wie im Gegenzug haben sie uns wieder die Sörgeli auf den Tisch gelegt. Als Kiosk ist man da schon ein bisschen Seelenklempner, da sind denn viele hier angekommen, dass sie den Kopf bis oben hin mit Sorgen hatten, und sind wieder etwas leichter davongefahren, einfach mit vollem Tank, ja, hier können sie mal runterfahren, den Motor etwas abkühlen und mit vollem Tank wieder weiter, und streikte die Batterie, haben wir das überbrückt und die Batterien wieder aufgeladen. Man staunt manchmal, was für Wunder ein Kaffee und ein nettes Gespräch machen. Ja, jemand, der ihnen zuhört, sagt die Rosa-Maria, also eigentlich haben wir über die Jahre hinweg den Leuten einfach zugehört, und das ist eine seltene Gabe, das ist das Erfolgsrezept. Das ist, als würdest du ihnen die Sorgen aus den Kleidern waschen, sagt die Margrit, und da macht es denn keinen Unterschied, ob Bundesrat oder Bauer, wir haben alle gleich behandelt, ja, für nüt haben wir unseren Kiosk nicht über all die Jahre auf Kurs gehalten, also bei dieser Konkurrenz ist das denn eine Leistung, die Flugbahn zu halten während fünfzig Jahren. Einundfünfzig, sagt die Rosa-Maria. Die Margrit schaut sie an, ja, einundfünfzig, sagt sie.

Der Bundesrat ist eben dann auch wieder aufgetaucht, Jahre später war das, da war er bereits im Ruhestand, sagt die Rosa-Maria und schlägt in ihrem Büchlein nach. Ja, sagt die Margrit und lacht, ob man das Ruhestand nennen kann, wüsste ich denn nicht, der war lebendiger als je zuvor, in einem Seitenwagen ist er aufgetaucht, seine Liebste fuhr die Kiste, und er sass entspannt wie der Präsident Bahamas im roten Seitenwagen mit einem gelben Helm auf dem Kopf, und einen Schnuz hatte er sich auch wachsen lassen, das war afängs ja wieder in Mode, daher, scho recht, obwohl ich nie gross Fan von so Schnuz war, ich fand das bereits als junge Frau etwas ziemlich Eigenartiges, dass man sich zwischen Nase und Mund einen dieser Schnäuze wachsen lässt. Der Schnauz ist der Tiger vom Denker, sagt die Rosa-Maria. Die Margrit hält inne und schaut sie schief an. Das steht hier drin, sagt die Rosa-Maria und hält das Buch mit beiden Händen hoch. Das Buch ist blau. Das steht da drin, sagt die Margrit. Ja, sagt die Rosa-Maria. Und wer hat das geschrieben? Der andere da, der Sohn vom Tini, der Dichter. Ach so, sagt die Margrit und lacht, der Bundesrat jedenfalls mit seinem Schnuz, der wusste denn noch genau, dass wir ihn umsorgt hatten hier an unserem Kiosk mit Leuchtreklame, hat dann auch ein Trinkgeld grosszügig wie selten liegen lassen, also ich könnte mich nicht daran erinnern, dass wir je ein grösseres Trinkgeld eingefahren hätten als beim Alt-Bundesrat, bevor die zwei mit ihrem roten Seitenwagen und den gelben Helmen auf den Köpfen davongerast sind gegen Westen das Tal hinauf. Es kommt alles zurück, sagt die Rosa-Maria, das ist ein Bumerang.

Es windet. Das ist der Frühlingswind, sagt die Margrit und steht auf den Platz vor dem Kiosk hin, sie lächelt, es zieht ihr die Frisur nach hinten, so ein schöner Wind, sagt sie, das bläst den Leuten die Köpfe etwas aus, ein Wind wie ein Frühlingsputz ist das, ja, ja, das frischt den Geist auf, nachdem das Dorf im Schatten lag den Winter durch während Monate, ist das wie eine Wiedergeburt, da fliesst ihnen gleich Elektrisch durch die Adern, als seien sie wieder am Stromnetz angeschlossen. Die Rosa-Maria steht weiter vorne bei der Brücke, die über den Rhein führt und schaut das Tal hinauf, in ihrer Tasche piepst es zwei Mal. Sie holt das Gerätli aus der Tasche von ihrem Kleid mit dem Blumenmuster, hm, sagt sie und lächelt, der Satellit oben im Himmel hat uns wieder eine Nachricht geschickt, die halten uns à jour über die Wetterlage, da muss man gar nicht nachfragen, die schicken einem einfach den Wetterbericht zu, sobald sie meinen, es sei wieder nach, also das ist noch sympathisch. Und was meinen die Satelliten, ruft die Margrit der Rosa-Maria zu, sie schreiben, ruft die Rosa-Maria zurück, dass es winden werde heute Vormittag, ein frischer Frühlingswind wehe das Tal hinunter, steht im Textli vom Nachrichtendienst, sagt die Rosa-Maria und hält das Gerätli hoch. Aha, sagt die Margrit, und steht sonst noch was? Für den Moment nicht, sagt die Rosa-Maria, die schicken mir immer nette Nachrichten aus der Wetterzentrale, also das ist eine gäbige Sache mit diesen Gerätlis. Ein schöner Wind, ruft die Margrit und geht zur Rosa-Maria hin, im Frühling, wenn das Leben wieder erwacht und Bewegung aufkommt, ziehen die Lieben von dannen, ja, im Frühling hat es noch immer die meisten Trennungen gegeben, wenn sie nach dem Winter plötzlich aus der Starre erwachen, als seien sie eingefroren gewesen im Winter, und erschrecken, dass sie immer noch da sind, obwohl ihnen das Glück längstens davongeflogen ist. Aber der Frühling lehrt ihnen wieder das Träumen, sagt sie und streicht sich die Haare vom Wind aus dem Gesicht, wie die Klara, die mit dem Henrik zusammen war, die hat es auch im Frühling aus dem Tiefschlaf geholt. Die Rosa-Maria schaut ihr Gerätli an und hält es hoch gegen den Himmel wie eine Antenne. Nachdem sie vierzehn Jahre mit dem Henrik zusammen war, sagt die Margrit und schaut die Strasse das Tal hinauf, hat sie an einem Ostersonntag im Frühling eba die Koffer gepackt und ist mit dem lieben Architekten aus dem Städtli durchgebrannt.

Recht hatte sie, sagt die Rosa-Maria und steckt das Gerätli wieder in die Tasche von ihrem Rock mit dem Blumenmuster, und der Ostersonntag ist ein guter Tag, um davonzurauschen, da werden einem die Gedanken leicht. Das war eine Pionierin, sagt die Margrit und nickt, eine der ersten Frauen im Tal war sie, die sich hat scheiden lassen, anstatt dass man die restlichen vier Jahrzehnte noch absitzt, bis man in die Ewigkeit einberufen wird. Etwas Scandal war das dann schon, aber wir haben es ihr denn gegönnt, die hat nicht lange gefackelt, wie ein Blitz ist es ihr durch den Kopf geschossen, dass es Zeit ist zu gehen, und hat ihre Koffer gepackt und ist zur Türe raus. Ja, eigentlich ist es ganz einfach, sagt die Rosa-Maria, du stehst auf und gehst. Voilà. Ja, so einfach ist das, sagt die Margrit, wie erzählt wird, ist sie irgendwo in Island, dort wird es ihr sicher gut gefallen, ja, ist das Feuer erloschen, muss man gehen, anstatt dass man bleibt und das Glück bei uns am Kiosk bei den Lotterias sucht und dann farruct wird, weil man schon wieder nichts gewonnen hat. Ja, da ist halt nicht in jeder Lotteria etwas drin, sagt die Rosa-Maria. Die Klara haben wir hier nie mehr gesehen, sagt die

Margrit, aber das Lächeln, das sie im Gesicht hatte, als die zwei hier losgefahren sind, nachdem sie getankt hatten, vergesse ich nicht mehr, der stand das Glück im Gesicht geschrieben, also selten, dass wir jemandem den Tank vollgemacht haben, die so glücklich waren, ai, war das schön, sagt sie und lehnt mit der Hand gegen die Strassenlaterne. Beim Henrik hatte man jetzt auch nicht grad das Gefühl, dass er sonderlich traurig sei, sagt die Rosa-Maria, der war auch gleich ziemlich leichtfüssig unterwegs, als seien die vierzehn Jahre nur ein grosses Missverständnis gewesen. Einen Töff hat er sich gekauft, sagt die Margrit, und denn was für einen, Kopfertelli, eine Suzuki gelb wie eine Zitrone war das, und zwar grad am Dienstagvormittag nach Ostern hat er sich das gekauft, am Montag war ja zu, Ostermontag denk, ansonsten hätte er sich den Töff sicher bereits am Montag früh gekauft, und mit dem Rauchen angefangen hat er auch wieder, man meinte, der hole jetzt endlich seine Jugend nach, wo sie doch bereits mit zweiundzwanzig geheiratet hatten. Das ist wirklich früh, wenn heiraten, dann vielleicht doch erst etwas später, würde ich sagen, sagt die Rosa-Maria und hält ihre Brille mit Goldrand nach oben und schaut durch, mit zweiundzwanzig fehlt einem noch etwas der Durchblick.

Die haben einander einen Gefallen getan, sagt die Margrit, oh, ja, recht hatten sie, dass sie sich getrennt haben, alles andere wäre eine Reckübung gewesen, stell dir vor, davon bekommst du Rückenschmerzen, ich meine, am Anfang ist das ja ein Rausch, da bist du in dieser rosa Dunstwolke, aber wenn sich die Winde etwas setzen und das Meer ruhiger wird, kann es eba schon sein, dass man die Abende einfach zu Hause auf dem Sofa verbringt und sich Quizsendungen im Fernsehen anschaut, früher oder später zieht das im Rücken, da fangen die Sorgen an, also nur mit Sälbala kriegt man so was nicht weg. So nach dem Prinzip, ich halte deine Handbremse und du meine. Ja, ja, was für Energien so eine Trennung doch freisetzen kann, sagt die Rosa-Maria und putzt mit dem Zipfel von ihrem Rock die Brillengläser, anstatt dass sie Therapias machen, um die Kiste noch zu retten, also grad zaubern können die ja auch nicht, das wäre dann mehr eine Beschäftigungstherapie. Ja, gut, das ist halt ein Wirtschaftszweig, sagt die Margrit, wenn man bedenkt, all die Therapien und Mediaziuns, das macht denn grad was auf das Bruttosozialprodukt im Kanton aus. Der Henrik jedenfalls war wie ausgetauscht, der lebte auf, du meine Güte, man meinte, der sei grad um fünfzig Kilo leichter, da hörte man ihn die ersten paar Wochen immer pfeifen, wenn er über die Dorfstrasse ging, also der kann denn gut pfeifen, der Henrik, pfeift wie ein Vogel. Sodali, sagt die Rosa-Maria und hält die Brille nochmals hoch, mhm, schau, wie die glänzt, sie lächelt und setzt sich die Brille mit Goldrand wieder auf. Was für ein schöner Wind das heute hat, sagt die Margrit und atmet tief ein, der Henrik hat uns jedenfalls ein Vermögen eingebracht hier an der Zapfsäule, das war auch noch ein schöner Effekt dieser Trennung, jeden zweiten Tag musste der wieder den Tank füllen hier bei uns, also der hat das Leben ausgefahren und das Land ausgemessen mit seiner gelben Rennmaschine, und ist jemand so treu, bekommt er hin und wieder auch ein paar Liter gratuit obendrauf als Bonus, im Flugverkehr gibt es diesen Treuebonus schliesslich auch, fliegt einer kreuz und quer durch die Welt, lässt man ihn hin und wieder auch mit etwas Rabatt um den Globus fliegen, als kleines Merci halt.

Jesses, war der glücklich, der Henrik, und mit dem Trinkgeld hat er denn nicht gegeizt, der war so beschwingt auf seinem Töffli, sagt die Margrit, schade nur, dass er dann mit seiner Lichtmaschine in der grossen Kurve auf dem Pass über die Leitplanken in die Seligkeit abgeflogen ist, ja, der fuhr aber auch etwas geschwind, also da haben wir denn andere erlebt, die etwas geiziger waren und zuerst alle Tankstellen im Tal anriefen, um sie auszufragen, was gerade der Kurs sei, damit sie wissen, wo sie noch ein paar Fränkli sparen könnten. Die Rosa-Maria lacht, ja, in der Tat, da haben wir bereits ziemliche Spagate gesehen vor unserem schönen Kiosk, wenn es darum ging, etwas am Preis zu schrauben, also da gibt es einige, die sind denn talentiert darin. Ja, gut, wir haben da unsere Preise, sagt die Margrit, viel zu feilschen gibt es da ja nicht, wenn jemand einen Bazooka Kaugummi will oder ein Stimorol, dann hat das seinen Preis, wir sind ja hier nicht auf dem Markt in Casablanca. Sep scho nid, sagt die Rosa-Maria, aber hin und wieder kommt wieder so ein Spezialist, der es halt probiert. Wie der Franz, sagt die Margrit, der ist ja bekannt dafür, dass er in der Beiz just in diesem Moment auf die Toilette muss, wenn die Gruppe am Zahlen ist, so dass es ihn nie preicht, auch mal eine Runde zu zahlen. Gut, das hat der ein bisschen von zu Hause mitbekommen, als er in der Rekrutenschule war, schrieb ihm seine Mutter lange Briefe, und am Schluss stand jeweils im Brief, dass sie ihm noch eine Zwanzigernote in den Brief habe tun wollen, den Brief aber bereits zugeklebt habe. Liebe Grüsse, Deine geliebte Mama. Die Rosa-Maria lacht und wischt sich eine Träne aus dem Augenwinkel, es schüttelt sie, mamma mia, sagt sie, der arme Kerl, da erstaunt es nicht, dass er dann die gleiche Umlaufbahn wählt. Die Margrit schüttelt es vor Lachen, ja, sie schluchzt, ach, wie wunderbar, hm, wie wundervoll diese Welt doch ist, und wie endlos die Galaxie, es schüttelt sie, dabei wäre das ja bei uns keine Sache, wenn jemand nicht gleich zahlen kann, dann schreiben wir das denk auf, ich habe das Blöckli mit der Bilanz ja immer dabei, und abgerechnet wird dann Ende Monat alles auf einen Klapf tutti quanti, so eine Zauberei ist das nicht, sie lacht und wischt sich auch eine Träne aus dem Augenwinkel.

Sie stehen am Geländer neben der Zapfsäule, wie schön der Rhein dort unten rauscht, sagt die Margrit und schaut hinunter zum Fluss, der ist ganz hell heute, aber etwas wenig Wasser führt er, jetzt im Frühling müsste da eigentlich schon etwas mehr Wasser fliessen, ja, das Schmelzwasser fehlt, da liegt kein Schnee oben drin. Mal sehen, wie der Rhein denn im Sommer aussieht, da müsste es schon ziemlich Niederschlag geben, damit auch der Pegel etwas ansteigt und die Kanufahrer auch ihre Übungen machen können hier bei uns, die kaufen nämlich noch gerne was am Kiosk, nachdem man dort unten im Rhein war im Wasser den Vormittag lang, gibt es hier oben bei uns am Kiosk Erfrischungen und auch etwas Traubenzucker, für wer grad einen tiefen Zuckerspiegel hat, nicht, dass sie uns noch einen Hungerast einfangen, da schauen wir nämlich schon zu unseren Gästen, hat einer einen tiefen Zuckerspiegel, erkennt man das sofort, dann werden sie nämlich ganz bleich und reagieren langsamer als üblich, das siehst du denen gleich an den Augen an. Ich weiss noch, als wir hier die Kanu-Weltmeisterschaft hatten, sagt die Rosa-Maria. Da führte der Rhein noch mehr Wasser, sagt die Margrit und lehnt mit den Händen gegen das Geländer, also das genaue Datum müssten wir nachschauen, aber Ende der Achtziger war das jedenfalls, da fand hier bei uns die Weltmeisterschaft statt, ai, war das ein Fest, die Elite der Kanufahrer war da mit ihren Kajaks, also das war wohl einer der Sommer, in denen wir am erfolgreichsten gewirtschaftet haben. Unten am Rhein standen die Leute auf den grossen Steinen und schauten mit ihren farbigen Käpplis den Kajaks zu, wie sie um die Stangen paddelten, mal vorwärts, mal rückwärts, zuerst die Frauen, dann die Männer, dann sass wieder einer alleine drin, und dann wieder zwei oder so viel es grad Platz hatte, ein Spektakel war das hier unten während Tagen, und am Abend spielte der John Brack. Ah, ja, sagt die Rosa-Maria und schaut die Margrit an. Der Star da mit der Gitarre, sagt die Margrit, der hatte hier bei uns ein Engagement mit seiner Band, also ein ziemliches Fest war das denn, da haben wir die Öffnungszeiten vom Kiosk mit der schönen Leuchtreklame gleich in den Abend rein verlängert und das Sortiment um etwas Bier und Spiritus erweitert für die Dauer der Festspiele, ungefähr so muss das zu- und hergegangen sein unten in Athen bei der Olympiade. Das müsste im 89 gewesen sein, sagt die Rosa-Maria, diese Weltmeisterschaft, ja, 1989 war das, ziemlich genau im Juli oder August, das weiss ich noch genau, wir hatten nämlich in jenem Sommer unser 20jähriges Jubiläum. Stimmt, sagt die Margrit und nickt, zum 20jährigen hat uns der Kosmos das beste Jahr geschenkt, für so ein Jubiläumsjahr hätten wir eigentlich die Goldmedaille verdient gehabt. Die Rosa-Maria fährt sich durch die Dauerwelle.

Und mit dem Wetter hatten wir auch Glück, da ist uns der Himmel beigestanden, sagt die Margrit, schönstes Wetter über die ganze Woche der Weltmeisterschaft, das war denn gute Werbung für das Dorf, also so was ist unbezahlbar, wenn Leute aus der ganzen Welt hier bei uns unten am Fluss auf Besuch sind und es danach raus in die Welt tragen, wie schön das hier bei uns ist, das haben wir denn noch Jahre danach gemerkt, wenn da wieder ein Amerikaner mit einem dieser lustigen Tubelihüte und Sonnenbrille auftauchte und in einem breiten Slang redete, als hätte er einen Bubble Gum im Mund, wo denn genau schon wieder diese Weltmeisterschaft gewesen sei. Ja, da haben wir ihm das gezeigt, sagt die Rosa-Maria und nimmt ein Zückerli aus der Tasche, und alles erklärt, und auch noch gleich einen dieser modernen Ice Tea angeboten, die die Amerikaner so gerne haben. Dabei hatte der Rhein so wüst getan zwei Sommer davor, sagt die Margrit. 1987 war das, sagt die Rosa-Maria, das vergesse ich nicht mehr. Jesusmaria, sagt die Margrit, da hat es tageweise durchgeregnet ohne Pause, wir standen vor dem Kiosk mit gelben Pelerinen unter dem Vordach und schauten auf den Rhein runter, wie er anwuchs mit jeder Stunde, und im Kiosk in den Nachrichten berichteten sie im Stundentakt von immer neueren Erdrutschen und Überschwemmungen, also so was hatte man doch noch nie erlebt, der Rhein war ein brauner Drache geworden, der alles mit sich riss, der Alfons hatte sich noch im letzten Moment von seinem gelben Bagger retten können, den er beim Menzi Muck gekauft hatte für vieles Geld auf Kredit, bevor der Rhein den schönen Bagger mitriss und davontrug, Jesses, war das eine Verwüstung, das Wasser stand so hoch, dass es den grossen Stein bedeckte, und in den

Zeitungen konnte man Bilder sehen von Strassen und Brücken, die es eingerissen hatte, und Lokomotiven der Rhätischen Bahn, die es gekippt hatte wegen dem Schlamm und dem vielen Wasser, eine grosse Catastrofa war das, Dio Santo, der Herrgott im Himmel hatte die Schleusen geöffnet und der Himmel war gebrochen.

Dabei war der Turnverein die Woche davor noch auf seinem Ausflug in Paris, sagt die Rosa-Maria, oh, ja, sagt die Margrit und lächelt, die haben sich dieses Paris angeschaut, also eine flotte Stadt muss das sein, so haben sie jedenfalls erzählt, wir mussten natürlich die Stellung halten hier an unserem Kiosk mit Leuchtreklame, kannst ja nicht einfach den schönen Kiosk zumachen und verreisen für eine Woche, jemand muss den Betrieb ja am Laufen halten, wenn das halbe Dorf verreist ist, aber die haben uns dann berichtet von diesem Paris mit den vielen Strassenlaternen, wo du den ganzen Tag lang diese feinen Crêpes essen kannst und durch die Gassen schlendern mit der Kodak um den Hals, die vom Turnverein sind ja schon fit, da geht einem die Strasse nie aus, also ziemlich ein paar Kilometer müssen die abgespult haben pro Tag, und haben sich vor den Wahrzeichen ablichten lassen, und zurück im Dorf haben sie hier bei uns am Kiosk die Filme von der Kodak einfach in das Plastiksäckli gesteckt und eingeschickt, und ein paar Wochen später bekommst du die Fotos, ai, war das eine Freude, wie wir da vor dem Kiosk standen und uns diese Fotos angesehen haben, da waren ein paar denn grad ziemlich selig, und nicht mal eine Woche später schwemmt uns der Himmel das Tal. Alle sind denn nicht mehr zurückgekommen, sagt die Rosa-Maria, die Theresa hat eben verlängert. Ja, ja, sagt die Margrit und lächelt, der hat es den Ärmel reingenommen in dem schönen Paris, was man schon verstehen kann, die hat sich eba in den Garçon da von einem dieser Cafés verliebt und ist gleich noch ein paar Tage länger geblieben, wenn sie schon da war, und hat dann auch gestaunt, wie das hier plötzlich aussah nach dem Hochwasser, als sie zwei Wochen später hier im Dorf ankam frischer als je zuvor und mit dem Kopf noch ganz benebelt nach der vielen Amour mit dem Kellner, sie nickt und lächelt. Das hat dann schon seine Zeit gebraucht, bis alles wieder etwas hergerichtet war.

Die Rosa-Maria kommt um die Ecke vom Kiosk, in der Hand hat sie den Schlüssel, sie geht in den Kiosk und hängt den Schlüssel neben der Türe an den Haken, Tualetta steht über dem Haken auf einem Streifen Klebeband geschrieben. Die Margrit steht vor dem Kiosk und putzt mit einem Schwamm die Tafel, wie ist heute der Kurs, ruft sie der Rosa-Maria zu. Moment, ruft die Rosa-Maria aus dem Kiosk und nimmt den Hörer vom Telefon, sie wählt die Nummer und hält den Hörer ans Ohr. Einszweiundsechzig für Benzin, ruft sie und hält die Hand auf die Sprechmuschel, und, Moment, sie lauscht, einsvierundsiebzig für Diesel, sagt sie. Die Margrit wischt mit dem kleinen Schwamm die Tafel, trocknet sie mit dem Lümpli und schreibt mit der Kreide auf die Tafel, eins-zwei-und-sech-zig, sagt sie vor sich hin, mhm, und eins-vier-und-sieb-zig, voilà. Sie fährt die Zahlen nochmals mit der Kreide nach, nimmt die Tafel in beide Hände und schaut sie sich an. Schön sieht das aus, sagt sie und strahlt. Die Sonne kommt zum Vorschein. Sodali, sagt sie und schaut die Tafel an, das geht halt ein bisschen rauf und runter, wie das Leben auch, da schauen wir schon, dass wir immer à jour sind und die Preise auf dem aktuellsten Stand, ja, so was ändert von einem Tag auf den anderen, war der Preis letzte Woche noch um ein paar Rappen tiefer, kann er nächste Woche gleich wieder um ein paar Rappen ansteigen, das hängt halt immer etwas davon ab, wie die Lage der Welt ist, wenn sie einander wieder bombardieren und Raketen in alle Richtungen abfeuern, merkst du das hier sofort, dafür können wir ja nichts, wia denn au, sagt sie und stellt die Tafel neben der Zapfsäule auf den Boden hin. Reserve sollten wir noch genug unten im Tank haben, sagt die Rosa-Maria und kommt aus dem Kiosk, das haben wir ja gerade kürzlich kontrolliert. Ja, gut, sagt die Margrit und dreht sich zum Kiosk, das hängt halt immer etwas von der Nachfrage ab, aber wir haben das jedenfalls auf dem Schirm, nicht dass wir plötzlich auf dem Trockenen sitzen, dann bestellen wir einfach wieder nach, und der Camion kommt und pumpt uns mit dem dicken Schlauch den Most in den Tank unter dem Boden, und dann ist alles wieder gut. Also für ein paar Donnerstage sollte das jedenfalls noch reichen.

Aber wie genau diese Preise zustande kommen, das müsste man die Brigitta fragen, sagt die Rosa-Maria, die weiss meistens so Sachen, hat ja auch für einen dieser grossen Konzerne gearbeitet, also für einen Pharmakonzern, um genau zu sein, was ja nicht das Gleiche ist, keineswegs, aber die durchschaut diese Mechanismen und Zusammenhänge meistens grad sofort, die wird sicher auch davon etwas verstehen. Welche Brigitta meinst du, fragt die Margrit und richtet die Tafel aus. Na, die aus dem Städtli, die so gerne diese Mary Long raucht, sagt die Rosa-Maria. Jesses, ach, die meinst du, sagt die Margrit, die kauft uns jeweils grad eine ganze Stange von diesen Mary Long, aber das mit diesen Preisen, das ist etwas complicau, wir stehen ja nur am Ende dieser Kette, sie hebt die Schultern, die Brigitta jedenfalls, die sass in den Chefetagen, das sind Schleudersitze, da versteht man schon, dass sie gerne diese Mary Long hat, das hat ja auch etwas Beruhigendes, wenn man so einen Stress hat und dabei diese Zigarettli raucht, das kühlt das Gemüt etwas ab, ja, irgendwas muss man ja machen, wenn man nur am Säckla ist, sonst explodiert einem irgendwann noch das Herz, von diesem vielen Stress fängt man sich eine Herzbaracca ein aber sofort. Da haben wir es schon etwas entspannter hier, sagt die Rosa-Maria und holt den Sonnenschirm aus dem Kämmerli. Na, nai, wir lassen uns nicht stressen, sagt die Margrit, soll rennen, wer will, so wie diese Quakis, die am liebsten noch davonfahren würden, während der Schlauch noch im Tank steckt, und den Motor gar nicht abstellen wollen beim Tanken, in der Angst, sie könnten ein paar Sekunden verlieren, das ist ja kein Wettlauf, hier dauert es so lange, wie es dauert, und wenn so ein Jufli kommt, lassen wir uns extra etwas Zeit, mhm. Die Rosa-Maria steckt den Sonnenschirm in den weissen Ständer, schau, der schöne Sonnenschirm, sie lächelt. Stell dir vor, sagt die Margrit, fährt einer mit dem Schlauch drin los, gibt das eine Explosion, und dann einen Feuerball. Die Rosa-Maria schaut sie mit grossen Augen an.

Die Margrit hält die Hände in die Hüfte und schaut zur Leuchtreklame hoch, ein leichter Wind geht, also die Brigitta vom Konzern hatte es damals grad recht preicht, sagt die Margrit, die hat ja ein Ferienhüsli oben im Tal Richtung Pass hoch, wo sie sich zurückzieht, wenn ihr dieser Zirkus in den Chefetagen grad etwas zum Halse raushängt und sie etwas zur Ruhe kommen will, dann tankt sie hier bei uns auf und fährt das Tal hoch in ihr Ferienhüsli für ein paar Tage. Also das ist noch eine Nette, sagt die Rosa-Maria. Aber der hat es eben das Dach vom Ferienhüsli gelupft und davongetragen, sagt die Margrit, das schöne Hüttli, das ganze Haus hat es ihr zusammengelegt, einfach platt gemacht wie ein Kartenhäuschen, als dieser Sturm hier durchgerauscht ist, dieser, wie hiess der schon wieder, die haben ja immer Namen, und oben im Tal den halben Waldbestand abgemäht hat. Jesses, was für ein Bild das war, eine grosse Zerstörung, also wenn so ein Sturm mit etwa Anlauf aufs Tal knallt, sieht es hier danach aus, als hätte ein Meteorit eingeschlagen. Der ganze schöne Wald war futsch, Tausende Bäume lagen wie Streichhölzer kreuz und quer, was für eine brutale Verwüstung, mamma mia. Die Rosa-Maria schaut in den Himmel hoch und denkt nach, etwas mit V, war das nicht der Lothar, fragt die Margrit, nai, nai, sagt die Rosa-Maria, der kam erst später, etwas mit V war das, hm, sie denkt nach, Vivian, ja, genau, so hiess dieser Sturm, bist du sicher, fragt die Margrit, ja, sagt die Rosa-Maria und nickt, absolut sicher, der hiess Vivian, Februar 1990, der Lothar war erst im 99, das war der Vivian, hundert Prozent. Die Brigitta hatte jedenfalls Glück, dass sie einen Tag früher abreisen musste an eine dieser Konferenzen draussen in Rotterdam, sagt die Margrit, wenn so ein Orkan auf dich zusteuert, hast du nämlich keine Chance, dann ist fertig lustic.

Wollen wir hoffen, dass wir uns nicht an so Stürme gewöhnen müssen, wie in den Zeitungen steht, könnte das eben schon der Fall sein, dass diese Catastrofas ansteigen, sagt die Rosa-Maria und hält den Kopf schief, so extreme Wetterereignisse halt, wie sie das im Radio nennen, sie richtet ihre Brille mit Goldrand und fährt sich durch die Haare. Wenn es hier so weitergehe mit so wenig Niederschlag und dem fehlenden Schnee, sagt die Margrit, dann gehe uns irgendwann noch das Wasser aus, wo wir doch hier in den Bergen das Wasserschloss seien, das sagt jedenfalls der liebe Anselm mit seinem Töffli, von den Temperaturen und vom Permafrost hat er etwas erzählt, als er hier kürzlich sein Mopedli getankt hat. Der Permafrost sei wie Zementit, das halte die Berge zusammen, aber wenn dieser schmelze, dann käme das eben zu so Catastrofas wie drüben in Bondo, als der halbe Berg runterkam im zwanzig siebzehn. Der Anselm, die gute Seele, sagt die Rosa-Maria. Mhm, sagt die Margrit, in der Hand hat sie ein kleines Glasfläschchen, also der hat denn seine Frau geliebt, sagt sie, ein Leben für eine Liebe, nur ist sie viel zu früh gegangen. Was ist denn das, fragt die Rosa-Maria und schaut das Fläschli an. Was denn, fragt die Margrit. Na, das, sagt die Rosa-Maria und zeigt auf das Fläschli. Ah, das, sagt die Margrit und lächelt, das ist eine Eigenkreation, willst du probieren? Das sieht aus wie ein Zaubertrank, sagt die Rosa-Maria und riecht daran, ui, das ist aber stark. Ein Shot ist das, sagt die Margrit, ein Ingwer Shot, das brennt dir alles aus, das ist so stark, das reinigt dir gleich die Seele und stärkt das Herz, es schüttelt dich zwar etwas durch, wenn du es trinkst, aber das ist das Beste, das ist eben nicht irgendein Ingwer, nai, nai, das ist Japanischer Ingwer aus Peru, der ist denn selten, was zwar seinen Preis hat, aber was Besseres gibt es nicht. Die Rosa-Maria nimmt einen Schluck, ui, das ist dann exklusiv, und das kitzelt dich auf der Zunge. Die Margrit nickt, ja, und die Augen tränen etwas, da hätte ich besser bei der Zubereitung eine Skibrille angezogen, wie die Frida, die setzte sich ja die Skibrille auf beim Kochen, wegen dem Dampf denk. Aber zu viel von dieser Mischung darf man nicht trinken, das muss man gut dosieren, sonst explodierst du.

Da leuchtet man ja gleich, wenn man so was trinkt, sagt die Rosa-Maria und atmet tief ein, sapperlot, also was du noch da reingetan hast, will man gar nicht wissen, vom Weltraum aus würde man uns erkennen, wenn wir das getrunken haben, so sehr müsste man da leuchten, also der Miraculix hätte es nicht besser hinbekommen. Ein Getränk für die Superhelden. Ja, ja, wie ein Leuchtturm leuchtet man da, sagt die Margrit und steht auf die Türschwelle vom Kiosk, sie schaut das Tal hinauf, wir haben ja oben auf dem Oberalppass einen Leuchtturm, der steht auch bereits einige Jahre da. Der einzige Leuchtturm in den Alpen ist das, sagt die Rosa-Maria, und zwar genau auf dem Pass, auf 2046 Metern über Meer, ein roter Turm, und oben dreht das Licht, als wäre man hier am Meer. Also im Grunde, sagt die Margrit, um es genau zu nehmen, ist es sogar der höchstgelegene Leuchtturm der Welt, die meisten davon sind ja am Meer, also auf null und öppis, die haben das halt aufgestellt wegen der Rheinquelle, die ist ja gleich da um die Ecke den Stutz hoch, eine knappe Stunde zu Fuss die Pfade rauf bis hoch zur Quelle. Die Rosa-Maria geht in den Kiosk und blättert in den Unterlagen, hm, sagt sie, irgendwo hier müsste ich das haben, sagt sie vor sich hin und richtet ihre Brille mit Goldrand. Wir sind ja mal mit dem Zug hochgefahren und auf dem Pass ausgestiegen, sagt die Margrit, und haben oben im Hospiz einen dieser feinen Coupes gegessen, der Banana-Split war Spitzenklasse, das vergesse ich nie mehr, und du hattest glaube ich Meringues mit Rahm oder etwas in der Art. Die Rosa-Maria blättert in ihrem Büchlein, hm, das ist wie verhext. Also das müsste eigentlich kurz nach der Eröffnung gewesen sein, als wir dort oben waren, Handgelenk mal Pi vor rund zehn Jahren, würde ich sagen, sagt die Margrit, das ist noch ein rechter Koloss, zehn Meter hoch ist dieser, die Leute im Tal haben zuerst schon noch etwas gestaunt, als da plötzlich ein Leuchtturm auf dem Pass stand. Der Ludivic, der drüben in Andermatt sein Gold angelegt hat, der meinte jedenfalls, das sei eine flotte Sache, der hat sich dann auch auf dem Turm trauen lassen, wo seine Frau doch aus dem Holländischen war, aus Rotterdam eben, wo der Rhein ins Meer fliesst, und da er eben bei der Rheinquelle aufgewachsen ist, meinten die, das wäre doch schön, sich dort oben das Jawort zu geben, was sie auch gemacht haben, die Intention war ja gut, aber gehalten hat dieser schöne Bund trotzdem nicht, ein halbes Jahr später waren sie wieder geschieden und bis aufs Blut zerstritten, den Rest haben dann die Anwälte unter sich ausgemacht.

Hm, sagt die Rosa-Maria, ich finde die Aktennotiz nicht, komisch, janu, sie hebt die Schultern. Der Ludivic, das ist aber ein feiner Kerl, sagt die Rosa-Maria, das auf jeden Fall, sagt die Margrit, und ein sehr schöner Mann, das muss man ihm lassen, hat aber ein Faible für die Frauen, da hat eine Ehe eba noch nie lange gehalten, die Marjke aus Rotterdam war jedenfalls seine dritte oder vierte Heirat, und da folgten noch ein paar weitere Eheschliessungen, ein bisschen über ganz Europa verstreut, aber wie viele Male der genau geheiratet hat, das weiss niemand so recht, zwischen fünf und zehn Mal müsste das aber schon gewesen sein. Wenn nicht mehr, sagt die Rosa-Maria. Ein bisschen ein teures Hobby hat der sich ausgesucht, würde man meinen, sagt die Margrit und versorgt das Glasfläschli. Da müsste man mal eine Auslegeordnung machen, um etwas die Übersicht zu bekommen, wir machen das ja auch ein Mal im Jahr, das grosse Inventar, und dann schauen wir, was noch da ist und was man aus dem Programm streichen sollte, oh, ja, da muss man mit der Zeit gehen, das Sortiment wird laufend angepasst, etwas fliegt raus, was anderes kommt dazu, die Welt wandelt, bei diesen milden Wintern verkaufen die Sportläden ja auch nicht mehr diese Nordpoljacken, das wäre dann wie in der Sauna, wenn man diese anhat, na, nai, da braucht es keine Jacken mehr, die eine elektrische Heizung drin haben, eher etwas Leichteres, das nicht so viel Schafswolle drin hat. Immer Ende Winter machen wir das grosse Inventar, sagt die Rosa-Maria, da nehmen wir uns einen Sonntag Zeit, wenn der Kiosk sowieso geschlossen wäre, und gehen den ganzen Bestand durch. Und der Frühling, wenn der Winter sich verzieht und die Welt wieder erwacht, ist sowieso der beste Zeitpunkt für so eine Bilanz.

Wie ist die Flughöhe, fragt die Margrit und steht auf die Türschwelle vom Kiosk. Die ist gut, sagt die Rosa-Maria und lächelt, sie klopft mit dem Finger gegen das Glas vom Barometer, das an der Wand vom Kiosk hängt, und die nächsten Tage wird es schön, die Temperaturen steigen, wir gewinnen an Flughöhe, eine Freude ist das. Das sind gute Prognosen, sagt die Margrit und nickt, aber wir bleiben aufmerksam, das ist wie in der Fliegerei auch, da navigierst du in einer Seelenruhe und hast Klarsicht, und plötzlich preicht dich wie aus dem Nichts ein Vogelschlag, und dann hast du den Saich, die Magdalena, die Pilotin mit den roten Haaren, also Haare rot wie Flammen hatte die, sagte immer, das Unglück ist der Meister des Timings, wenn sie hier ihre Wrigleys an unserem Kiosk kaufte, also lieber wachsam sein, aus dem Nichts schlägt es eba wieder zu. Wir sind auf der Hut, sagt die Rosa-Maria. Plötzlich schlägt der Blitz ein, sagt die Margrit, oh, ja, das war denn eine gute Fliegerin, und die hat eben stets diese Wrigleys gekätscht, wie alle Piloten, einen Piloten erkennst du daran, dass sie Wrigleys kauen. Angefangen hat sie mit diesen Propellerdingern, die immer etwas wackeln, wenn sie im Anflug sind, dass man nie so recht weiss, ob es diese Kisten jetzt überschlägt oder was, später hat sie dann zur Staffel mit den Showfliegern gewechselt, die farbigen Nebel hinten raussprühen, wenn sie einen Looping machen oder verkehrt rum fliegen, also auf dem Dach, meine ich, also umgekehrt als normal, sie schaut die Rosa-Maria an, wie meinst du jetzt genau, sagt die Rosa-Maria, du weisst schon, wie ich das meine, eben verkehrt rum, sagt die Margrit, mit dem Kopf nach unten halt, aber immer noch geradeaus, wie ein normaler Flieger halt, einfach mit den Füssen nach oben, ja, ja, die Magdalena war aus einer Fliegerfamilie, bereits ihr Vater war Pilot, der flog die grossen Vögel runter nach Rio und nach Hongkong und weiter rüber nach Chicago und zurück, ein bisschen in alle Himmelsrichtungen, den ganzen Planeten hat er ausgemessen, ein angesehener Kapitän war das, und gestorben ist er auf dem Flugplatz, als ein Gepäckwagen ihn umgefahren hat.

Das ist eine traurige Geschichte, sagt die Rosa-Maria und nickt. Schau dir mal diese Hüte an, sagt die Margrit und hält das Heft mit dem Hochglanzpapier in den Händen, das sieht aber ziemlich unbequem aus, die Hüte dieser Royals. Die Rosa-Maria steht zu ihr hin und schaut sich die Fotos in der Zeitschrift an, das muss sich anfühlen, als hätte man eine farbige Kartonschachtel auf dem Kopf, sagt sie und hält eine Büchse mit Karottenstückchen und Kohlrabi in der

Hand. Ja, das ist die Etikette, sagt die Margrit, hat jemand mal den königlichen Stempel, dann muss man halt auch hinstehen und die Pflichten erfüllen, aber ob das denn schön ist, den ganzen Tag immer wieder neuen Leuten die Hände zu schütteln? Wie zu lesen ist, sind nicht alle immer nur glücklich mit der Rolle. Aber schöne Jacken haben sie an, schau dir das an, das ist denn schick, mhm, für einen Augenblick wäre das vielleicht noch lustig, aber nach zwei Tagen hätte man es dann gesehen, da bin ich froh, dass wir hier an unserem Kiosk sind, hier haben wir den Frieden. Sie blättert in der Zeitschrift, so Royals hatten wir hier immer wieder mal im Kanton, die kommen gerne hierhin, sep scho, halt mehr im Winter, die Exzellenzen fuhren mit der Eisenbahn hoch zum Schlitteln, in diesen schönen Nostalgiewagen mit rotem Polster aus Samt, und wie erzählt wird, ging da ziemlich die Post ab, die Rosmarie, die früher ja bei der Rhätischen Bahn arbeitete, hat jedenfalls erzählt, dass die denn nicht verlegen waren, in diesen schönen Kostümen auf den Tischen rumzutanzen mit der Champagnerflasche in der Hand und dem vielen Schmuck um den Hals, bevor sie rauf in die Berge sind und mit einem Penalty im Kopf die Schlittelbahn runter sind. Das kann man ja schon verstehen, dass die sich auch mal etwas gehen lassen wollen, sobald sie etwas unter sich sind, wo sie doch das Gesicht wahren müssen, sobald sie zur Türe rausgehen. Sobald sie ein Fältli haben oder den Mantel an der Türe einhängen, weil sie es pressant hatten, oder sogar an einem Trittli stolpern, sagt die Margrit, steht das alles am nächsten Morgen gleich in den Revolverblättern. Sie blättert in der Zeitschrift, ein Leben im Schaufenster, da haben wir es besser hier an unserem schönen Kiosk mit Leuchtreklame.

Aber heute werden die Hoheiten mit dem Helikopter eingeflogen, sagt die Margrit, vom Flughafen aus geht das ruckzuck hoch in die Wolken und über die Berge hinweg in die Destinationen, der Robert war einer dieser Helikopterpiloten für die Königlichen, da musst du dann einen guten Leumund haben, um die Majestäten fliegen zu dürfen, wenn du mal eine Phase im Leben eingefahren hast, die etwas unrühmlich war, ja, dann gute Nacht, dann fliegst du sofort aus dem Selektionsverfahren, das verträgt es dann nicht, mal durch die Bars zu ziehen, wenn du einen Liebeskummer hast. Liesse man so einen fliegen mit den Royalen, ja, das wäre dann wie eine Majestätsbeleidigung. Der Robert jedenfalls kam wie durch ein Wunder durch die Zulassung, also wenn die gewusst hätten, was für ein Leben der geführt hatte in seiner Jugend, denen wären die Frisuren aufgestanden. Jetset nennt man so was, sagt die Rosa-Maria. Wie heisst das, fragt die Margrit, Jetset, sagt die Rosa-Maria, wenn eben jemand etwas über die Stränge schlägt und von einer Party zur nächsten schwebt, etwas Kokain war da wohl auch noch im Spiel. Das könnte gut sein, sagt die Margrit, aber versteht man schon, dass er da so eine Zeit eingefahren hat, nachdem ihm seine grosse Liebe gestorben war, die Linda, hat es ihm den Boden unter den Füssen weggerissen, also so was muss dich gleich durch die Luft schleudern, wenn dir deine grosse Amour stirbt einfach so. Die Rosa-Maria nickt, wie soll ein Mensch denn so was ertragen. Die waren ein Herz und eine Seele, sagt die Margrit, also das passiert selten, dass zwei sich so lieben, die meisten meinen nur, dass sie lieben, und schwingen sich von Insel zu Insel auf der Suche nach dem grossen Glück, und kommen doch nie an, aber bei diesen zwei, Jesses, da bekomme ich gleich Gänsehaut, wenn ich daran denke. Verabschiedet hat er sie oben auf dem Hügel bei den drei Birken an einem Tag im Frühling, der Himmel war bewölkt und ein kräftiger Wind zog, da hat er abgeschlossen. Sie und keine andere, der Robert hat sich nie mehr auf eine andere Frau eingelassen. Hm, sagt die Rosa-Maria und richtet ihre Brille mit Goldrand.

Die Margrit sitzt auf dem Bänkli, das zwischen dem Kiosk und der Zapfsäule vor dem Geländer steht, in der Hand hat sie die Büchse mit den Karottenstücken und den Kohlrabi, ja, wenn das Leben dich aus der Flugbahn haut, sagt sie, nur wichtig, dass es dir dabei nicht die Seele bricht, sie isst ein Stück Kohlrabi, hm, die sind gut, etwas Vitaminas, das ist gut für den Geist, so bleiben wir in Form. War der Robert nicht da letztes Jahr zu den Feierlichkeiten, fragt die Rosa-Maria, ich meinte, ich hätte ihn gesehen, als wir das grosse Feuerwerk hatten. Das war denn schön, diese

Raketen, sagt die Margrit, als sie mit einem Surren in den Himmel hoch geflogen sind, Leuchtpetarden in allen Farben, und oben im Himmel sind sie explodiert und haben den Himmel erleuchtet, ai, was für ein Spektakel das war, und die Atmosphäre war ausgelassen wie dann, als wir im Fernsehen gesehen haben, wie sie die Mauer abgerissen haben däna in Tütschland, die Leute tanzten und jubelten, also so viel Glück hat man selten auf einmal erlebt, und die Tage danach waren die Zeitungen voll von diesen wundervollen Bildern, und die Stimme vom Kommentator im Fernsehapparat überschlug es vor Rührung, dass einem gleich das Herz weich wurde wie Butter bei so viel Freude. Sie isst ein Stück Karotte, im 89 war das, sagt die Rosa-Maria, und nur ein paar Tage später fuhr einer dieser Trabbis hier vor, sagt die Margrit, als sei er gerade vom Fernseher aus direkt zu uns gefahren, ein weisser Trabant war das, dass wir schon noch ein bisschen gestaunt und uns angeschaut haben, was man jetzt am besten wohl in diesen Tank einfüllen sollte, eher Benzin oder dann doch Diesel. Damit hatten wir schon nicht gerechnet, sagt die Rosa-Maria, ansonsten hätten wir uns schlau gemacht und beim Rinaldo nachgefragt, der ist ja so ein Autofan, der hätte das schon gewusst. Ich meine, wenn du da das Falsche reinfüllst, sagt die Margrit, dann machst du denen den Motor kaputt, und das ist ja nicht unsere Absicht, im Gegenteil, nicht dass es plötzlich heisst, wir hätten ihm seinen Trabbi ruiniert.

Die Rosa-Maria kommt aus dem Kiosk mit dem Radio mit der abgebrochenen Antenne in der Hand. Aber ob der Robert da war bei unserem Fest, da wäre ich mir gar nicht sicher, sagt die Margrit und isst ein Stück Kohlrabi, den hat man danach nie mehr hier gesehen, aber früher oder später kommen sie alle für einen Augenblick zurück, als würden sie ihrer Jugend einen Besuch abstatten. Ja, sagt die Rosa-Maria, da sitzen wir da in unserem Kiosk hinter der Glasscheibe, und wie aus dem Nichts geht jemand am Kiosk vorbei, und wir sitzen da wie mit einer Liste, als hätte man ihn bereits lange erwartet. Ein bisschen wie Petrus im Himmel, wenn er am Eingangstor steht und die Gäste empfängt, sagt die Margrit, ja, ja, sie kommen alle wieder, wir haben sie auf dem Radar. Die Rosa-Maria steht beim Kiosk und dreht an der Schraube vom Radio mit der abgebrochenen Antenne, mal sehen, ob wir die richtige Frequenz finden. Also wenn es dich mit solcher Wucht trifft wie den Robert, sagt die Margrit, dann hast du eigentlich nur zwei Möglichkeiten, entweder du wandelst diese Kraft um und sie geht nach aussen los, was dann zur Folge hat, dass du eine unheimliche Flughöhe erreichst und in ganz andere Sphären eintauchst mit Überschall, oder die Kraft geht nach innen los und du implodierst. Etwas dazwischen gibt es meistens nicht. Das ist Alchemie, sagt die Rosa-Maria und dreht an der Schraube vom Radio. Was ist Alchemie, fragt die Margrit, na, das, was du gerade gesagt hast, sagt die Rosa-Maria. Hm, sagt die Margrit und denkt nach, sie hält ein Stück Kohlrabi in der Hand und schaut in den Himmel. Also du meinst, Alchemie, sagt sie. Ja, sagt die Rosa-Maria und dreht an der Schraube, es rauscht. Das verstehe ich jetzt nicht, sagt die Margrit. Der Tod macht uns lebendig, sagt die Rosa-Maria, aus dem Rauschen im Radio ertönt eine Melodie, ja, jetzt habe ich es gleich, das ist Millimeterarbeit, sie dreht die Schraube noch ein bisschen und lächelt, ah, hör dir das an, sagt sie und dreht sich zur Margrit, das ist Pink Floyd. Oh, die haben wir geliebt, sagt die Margrit und strahlt, shine on, was für ein Plaisir, da bricht der Frühling an, die feinen Wolken verziehen sich und die Sonne kommt zum Vorschein, und dann wird auch noch gleich ein Lied von Pink Floyd im Radio gespielt, also wenn das nicht ein gutes Omen ist, da bekommt man gleich das Herzflimmern. Ja, sagt die Rosa-Maria und hält die Hände in die Hüfte, das ist für die Ewigkeit.

Ein Auto fährt am Kiosk vorbei. Sie stehen vor dem Kiosk und schauen dem Auto nach. Die Margrit isst eine Raketa Glacé. Hm, ich liebe diese Raketas, sagt sie, als wir unseren schönen Kiosk mit Leuchtreklame eröffnet hatten, waren die grad neu auf dem Markt, das war der Renner, da hat uns das ganze Dorf den Kiosk leer gekauft von diesen feinen Raketas, für 30 Rappen konnte man so eine abstauben, halt einfach, solange es hatte, bis dann wieder die nächste Lieferung kam, also das ist etwas vom Besten, so eine Raketa, wenn es etwas wärmer und Sommer wurde, und die

Leute unten am Rhein auf den Steinen lagen im Sommer mit ihren Bikinis und Badehosen wie in Rimini, da haben sie davor oder danach noch gschwind eine dieser Raketas hier am Kiosk geholt, etwas fürs Herz. Oh, ja, das ist ein Evergreen, sagt die Rosa-Maria und lächelt. Ein was ist das, fragt die Margrit. Ein Evergreen, sagt die Rosa-Maria, ein Dauerbrenner sozusagen, diese feinen Glacés. Ach so, sagt die Margrit und isst ihre Raketa, ja, da hatte jemand eine Eingebung, so etwas Feines zu kreieren, eine Glacé für die Ewigkeit, das werden die Kinder noch in hundert Jahren lieben, also solange es Glacés gibt, wird die Raketa der Liebling sein, diese Glacé ist ein Phänomen, mhm, ja, gut, mit den Jahren sind natürlich die Preise auch etwas angestiegen, aber in den 80ern gaben wir sie noch für 40 Rappen raus, heute ist das ja fast schon ein Kulturgut, in Zürich zahlt man für diese feinen Glacés an bestimmten Orten bis zwei Franken fünfzig. Zweifünfzig, sagt die Rosa-Maria. Ja, so stand es jedenfalls in einem dieser Heftli, sagt die Margrit, also wir geben sie noch für einsfünfzig raus, natürlich, etwas mit der Teuerung muss man schon gehen, der Preis steigt halt mit den Jahren etwas an, aber über einsfünfzig gehen wir nicht, das ist die Obergrenze. Ja, da haben wir unsere Prinzipien, sagt die Rosa-Maria und nickt, also solange es uns gibt, ist das der Preis. Das ist nicht verhandelbar.

Ja, sagt die Margrit und schaut zur Leuchtreklame hoch, wie schön sie leuchtet, sagt sie, es kommt mir vor, als seien wir erst gestern gestartet auf diese grosse Mission durch Zeit und Raum mit unserer schönen Rakete, wer hätte das gedacht, sagt sie und schaut die Rosa-Maria an, und zackbum sind fünfzig Jahre durch, die Zeit vergeht wie im Flug, einundfünfzig, sagt die Rosa-Maria, die Margrit schaut sie an, stimmt, sagt sie, und wir stehen immer noch hier, frisch wie am ersten Tag. Man könnte meinen, wir seien gar nicht gealtert. Am Morgen, wenn wir unseren schönen Kiosk herrichten und parat machen, denke ich mir manchmal, ja, ist das denn die Möglichkeit, dass wir bereits so alt sind. Oh, wenn man mit zwanzig anfängt, ist man einundfünfzig Jahre später knapp siebzig, sagt die Rosa-Maria. Ja, das stimmt auch wieder, sagt die Margrit, aber da warten noch viele Abenteuer auf uns, bis der Herrgott im Himmel zum Schlussakkord ansetzt und die Supernova zum Explodieren bringt. Und einen Zitronencake habe ich auch für uns mitgebracht, aber der ist dann für den Nachmittag, da setzen wir uns einen Kaffee auf und essen den feinen Cake mit den Zitronen drin. Solange wir so gut in Schuss sind, kann es rundherum toben und stürmen, wie es will, das hält uns nicht auf. Die Rosa-Maria richtet ihre Brille mit Goldrand und lächelt. Die Reklame auf dem Kiosk leuchtet.

Arno Camenisch, Goldene Jahre

© 2020 Engeler-Verlag, CH-4325 Schupfart,
alle Rechte vorbehalten.

Dieses Buch erscheint im Mai 2020,
Lektorat Urs Engeler, Umschlag Marcel Schmid,
Druck und Bindung Tešínská Tiskarná, Tschechien.

ISBN 978-3-906050-36-2

http://www.engeler-verlag.com